文春文庫

精選女性随筆集　武田百合子

川上弘美選

文藝春秋

目次

精選女性随筆集

武田百合子

昭和55(1980)年頃。武田花撮影

武田百合子

(1925-1993)

人、です。

川上弘美

武田百合子を最初に読んだときの驚くような心はずみは、いつもよみがえってくる。なぜなら、何回読み直してもその心はずみはまったくすり減らず、最初の時と同質のよろこびが、繰り返しあふれてくるからだ。

どうしてこんなにいいんだろう。

読むたびに、思う。こんかい本書を編むことになって、発表された全部の文章を読んでいるあいだじゅうも、思っていた。もうほかの本はいらないから。自分も書かなくていいから。武田百合子の文章だけ、毎日、数ページずつ読んでいって、それで一生終わってもいいから。そんなふうにさえ、思った。

文章がいいからでもあるし、内容がいいからでもある。いったいこんな文章を書くことのできた武田百合子さんは、どんなひとだったんですか。娘さんである武田花さんに聞いたことがある。そうしたら、こんな答えが返ってきた。

母と一緒にいると、飽きる、ということがなかったんです。人って、みんなこんなに面白いんだと思っていたら、そうじゃなかった。ずっと一緒にいて、一回も飽きたことのなかったのは、母だけでした。

やっぱり、と思った。

人、なんだなあ。

つべこべわたしが解説するよりも、少しでもたくさんの文章を本書には載せたいので、この前書きも短くする（そのぶん、二ページ、武田百合子さんの文章がよけいに載せられました）。『富士日記』は本当は全文載せたかったけれど、泣く泣く抄出にした。ロシア旅行記である『犬が星見た』は、どうやっても抄出部分を選べず、泣く泣く載せないことにした。そのほかの載っていないエッセイも同様。読みたい方は、全部絶版にならずにちゃんと流通しているので、ぜひ探して読んでください。

『富士日記』より

昭和三十九年

七月四日（土）

★ぼくだけが夏一ぱい帰らずにとじこもるつもりで、5日（日）に百合子と花は帰京する。ひとりだけで（たとえ二週間でも十日でも）山小屋ぐらしできるか否か、こころもとない。4日は朝から曇っていたが、猿橋の手前から降りはじめ、河口湖駅をすぎてから、ことにすさまじい雨となる。例によって大月駅で、おべんとうを買う。不機嫌だったハナも、おべんとうが気に入り元気よくなる。実は赤坂を出発のさい、自動車の鍵をあずかったハナが、ポコ（犬）をトランクに入れてから、しめ忘れて、百合子に叱られたのだ。百合子が山小屋のカギを忘れてアパートにひきかえしたので、トランクがあいていたのを発見した。

手塚富雄「ゲオルゲとリルケの研究」「聖書」東洋文庫、「ミリンダ王の問い（上下）」「鸚鵡《おうむ》七十話」「捜神記《そうじんき》」「浄土三部経（上）」（文庫本）「原色花卉《かき》図鑑（上）」「未完の旅路（大塚有章）三冊」などを持ってきた。

—泰淳《たいじゅん》記す—

＊文中の★印の部分は武田泰淳氏の記述です。（編集部注）

八月七日

便所の臭気ひどくなる。五、六日前から、臭い臭い、と主人はいっていた。昨日あたりは、庭からも臭気がやってくるので、仕事部屋の雨戸は閉め切りにして、一日中電気をつけていたが、家の中の便所からも、臭気は廊下を曲り、階段を上ってやってくるので同じこと。昼も夜も臭い。うんこそのものの臭いというのではなく、少し粉っぽいような、ドブの臭いのまじったような、化学変化が起ったあとのうんこの臭い。「この臭いが頭の中に入って、頭がわるくなりそうだ」というから、今日は管理所に行く。しゃがんで便器のそばに顔をつけて臭いをかぐと、便器のまわりも臭う。

「頭がわるくなってくる臭いがする。うちの商売、頭がわるくなると困る商売だから、すぐ直してくれ」といって管理所から工事店に電話してもらう。電話の向うの工事店の人が聞きまちがったらしく「電気がわるいのではねえだ。便器だ。電気がわるくて臭くはねえずら。頭めぐらして考えてみれや」と、管理所の人に怒られている。怒るといっても悠長な静かな声でいっている。ついでに、ほかのわるいところ、西側の雨漏りなど直すようにいう。

八月八日
本栖湖《もとすこ》へ花子と泳ぎに行く。留守の間に浄化槽の工事職人が来て見て行った。パイプのつぎ目のコンクリートから汚物が漏れて土の中にしみこんでいって、それが臭っていたらしい。三人で調べに来た。その中の一番大男で色黒の金仏様《かなぶつ》のような人が、二人が原因が分らないで諦めてタバコなどふかして世間話などしはじめたあとも、一人で黙々と土を掘っては手で探って臭いをかいで、ついに原因を発見したらしい。「あの男は偉い男だぞ」と、主人しきりという。

八月十二日
文春の青木さんと竹内実さん、前十時ごろ来る。竹内さんが写真機を持ってこられたので、石屋の小父さんや女衆たちと私たち全員並んで記念撮影してもらう。竹内さんは石屋さんたちに実に物静かにていねいに挨拶なさるので、石屋の女衆たちは、ぼーっとしていた。
お二人を送って精進湖《しょうじこ》湖畔の宿へ。そのあと本栖湖へまわって泳ぐ。帰り、ものすごい雷雨で、車をとばしていても先がまるで見えない。水の中をもぐって走っているみたいだ。樹海に転落すると車も頭もデコボコにきっとなる。助手席の花子に左側の道路の端を視《み》つづけさせて走る。〈もやもやとしたところが草の生えているところで、そこが道の端だから、そっちの方に車が行きそうになったら私の膝を叩け〉と教えて。鳴沢村のガソリンスタンドの手前までくると、嘘のようにからっと晴れわたっていて道が乾いている。竹内実さんと青木さんの宿は、精進湖の湖岸の草も木もない平らなところに建っているピンク色の宿屋だった。宿の前までお送りすると、変な宿屋でしょう、というように、お二人は仕方なさそうな羞《はず》かしそうな笑い方をしていた。

今日は毛沢東の詩についての本を出す相談にこられて、ビールを一杯皆で飲んだ。毛沢東の話はあまりしないで、戦争のころの話などした。

私「今度戦争がはじまったら闇を一杯するんだ。この前のときはまだ女学生だったでしょ。自分では何もできなかったけど、闇のやり方は見ていたから今度はできる。政府のいってることと反対のことをやるようにする。敗戦後は闇商売やったけど、それでもあまりうまくなかった。今度はうまくやるから」

主人「ウフフ。水爆があるってこと知らないのかなあ」

竹内さん「ぼくは中国生れでしょ。中国育ちで、この前の戦争のときは物資不足とか食料難とか買出しとか、内地の経験がないでしょ。闇の買出しなんかできるかなあ。とてもできそうもないですねえ。心配だなあ。そうなったらやり方が分らないし、大へんだなあ」と、おだやかなゆっくりした口調でいう。竹内さんは上品だなあ。

八月十三日
石垣、ほとんど完成。石段も二段出来上る。明日午前中で完成の予定。

工事の人たちにスイカを買って食後に出す。工事の人たちは、十時に一回、昼食後に一回、三時に一回、きちんと必ず休憩する。休憩するときは、大きな松の木の根元や軒下に新聞紙を敷いて、真直ぐに仰向けになり、顔に手拭をかけて死体のようになって全員眠りこける。そして二十分ぐらい経つと急に起きて、いきなり働きだす。

仕事部屋の窓の下に、台所の横の軒下に、女衆が石を運んだり、土を掘ったりする激しい息づかいが、休憩どきのほかは一日している。「圧倒されるなあ」とタバコをふかしながら、主人はつぶやく。

工事の人たちは、何が好きかというと、水気のあるもの——スイカ、果物のかんづめ、ゼリーなどが好き。工事の人たちの持ってくる弁当箱には、ごはんがびっしりお餅になってしまったように詰っていて、もう一つの同じ位大きい弁当箱には、ほうれん草か小松菜らしいおひたしが、これもびっしり詰っていて、袋の中から日水のソーセージなどを出してかじりながら、実においしそうに食べる。そして女衆たちは大きな声でワイ談したり、村の近所の人のわる口をいったりして、ときどき空の方に向って大笑いしている。男の人たちは静かに小声でしゃべっている。

今日、一人の女の人は石と石の間に人さし指を挟んでつぶす怪我をしたが、庭にある草の中から何か探しだしてきて、その葉をもんで巻いて軍手をはめると、またすたすたと仕事をはじめた。昨日、男衆の一人、石切りをする年とった方のおじさんは、前の晩飲みすぎたとかで、仕事しているときに血を少し吐いたが、主人のあげた胃の薬をのむと「治った」と言って、また石を叩いて削りはじめた。「胃潰瘍ずら」と言っていた。

八月二十八日

午前中、管理所本社へ下って、まだ直りきっていない浄化槽のこと、便器のこと、早く取り替えるように話す。帰り、勝山村のK開発の飯場に寄り、石井さんに台所の戸棚の建付け手直しと、仕事部屋の雨のふきこみもみるように頼む。飯場には、けいとうとひまわりとコスモスが乱れ咲いていて人影がない。

午後四時、K開発の大工来て戸棚の建付けを直す。工事の人、市川さんほか四人来て、便器の取り替え、夜十時までかかる。四人のうち二人は女。そのうちの男女二人は少し早めにひきあげ、市川さんと女の人一人、十時まで残って仕事をする。女の人は四十位の小柄な静かな人。市川さんのそばにしゃがみこんで便器を一緒に眺めたり、臭いをかいだり、取り外した便器を抱えて庭まで運び出したり、まめまめしく働く。話している様子では、子供が三人あって農家の主婦のアルバイトらしく、市川さんに雇われているようだ。市川さんも工事店の社長なのだ。取り外した便器にはひびが入っていた。女の人は汚れている便器を抱えて運びだしながら「工事がわるいのではねえだ。市川さんがわるいのではねえ。便器が悪かっただ」と、私にいった。市川さんと女の人が帰るとき、女の人に、子供さんにといってパイナップルのかんづめを二つ包むと、かぶっていた手拭をとって嬉しそうにおじぎをして、市川さんにまつわりつくように真暗な庭の坂道を上っていった。市川さんは無口で必要なことしかしゃべらない。背が高くて少し白髪まじりの無精ひげをはやしている。四十五、六だろうか。その女の人に「先に帰れや」と二、三度うながしていたが、女の人はとうとう十時まで一緒に仕事をして帰った。

八月二十九日　雨

昨夜の続きで、市川さんと管理所のFさん来て便所直し。

午後も雨止まず、霧が深いので買出しに行かず、インスタント焼きそばの夕食。

便所の臭気一応とまる。

今朝、ごはんを食べていて、私は昨夜の女の人と市川さんの話をする。「あの二人、山で恋愛してるんだなあ」と。

昭和四十年

四月一日

昼ごろ、急に黒雲がやってきて大粒のあられが降り、そのあとみぞれとなる。後、ときどき晴れまをみせる。天候がはっきりしないので夕方帰京。剣丸尾《けんまるび》の方へ下って帰ろうと思ったら、途中、富士山中継塔の前の道がぬかっていて不通。ひき返して鳴沢に下って帰る。平日会費（ゴルフ場）と年会費について、関井氏に話す。ここに家を建てると自然に付いてくる平日会員権は、うちではゴルフをしないからいらないし、年会費もしたがって払いたくない、と私言う。関井氏「東京の人は皆さんゴルフなさるんでしょう。いらないなんぞという方はいないと思っていましたが。ここのゴルフ場はいいで評判なのになあ。山本富士子さんも会員で、ときどきみえます。先生がなさらないなら、奥様でも」などという。日当もらってキャディならやってもいいんだ、私は。

五月八日（土）晴

前五時四十分赤坂を出る。花子は寮にいる。筑摩の文学全集の一部、鯛浜やき、野菜、パン、牛肉の煮たのなど持ってくる。今日は溝の口から出ている御殿場までの河野道路（河野一郎さんが急かせ《せ》て作ったから、そういうのだそうだ）を通ってみる。大橋から三軒茶屋まで、みちがえるほど、幅の広い道になった。溝の口まで、二回道をたずねる。一回交番。一回オートバイのおじさん。

溝の口を過ぎて松田まで、有料道路のようなすばらしい道。百粁《キロメートル》で走り続けても、白バイもついてこない。途中は人家も少ない。山北、御殿場あたりで重量トラックが多くなる。この道は国道二四六号線というのだそうだ。ちっとも知らなかった。山北、御殿場のあたりは湯治場の感じがする。川には水が流れていて、大きな樹が多く、いまは若葉丁度《ちょうど》いいときだ。籠坂峠で車をとめて、広々とした見晴らしの中で主人はおしっこをする（私はしない）。富士吉田へ下って、鳴沢村より山へ上る。どこもかしこも若葉で、緑のビニールのようだ。高原一帯に富士桜が咲いていた。水道工事はまだ終らない。沢をへだてた向うがわの別荘に三、四人、人が来ている。そこで石垣工事がはじまっている様子。

梅の葉が大きくなっている。庭の斜面の桜は開きはじめ、二階から見下ろせる北側の大きな古い桜が満開。丁度いいときにやってきた。

昼　タンメン、上に野菜いたため、たくさんのせる。

納戸の棚二つ吊って整理をする。

私は三時ごろよりひるね。夜ごはんも知らないで、次の朝まで眠り続ける。主人、死んでしまったのかと思って、さわってみたという。

七月七日（水）　ときどき雨

昨夜は雨。

今日は朝から降ったりやんだり。

朝　ごはん、また、コンビーフ、スープ、納豆。

昼　パン、牛乳、ゆで卵。

夜　すいとん（茄子、ねぎ、ちくわ入り）。

午後、講談社佐久さんより電報「シンブンレンサイイタダキタシ」

明朝早く東京へ帰ると主人言う。雨が降ると、すぐ帰りたくなるのだ。

夜十時ごろ、晴れて月が出る。今頃、鳴沢の方から灯りをつけた車が、ゴルフ場へ向って行く。

今日は箱のように大きな伊東静雄の伝記をずーっと読んで、そのあとギターを弾いてばかりいた。お菓子を持ってこなかったので、我慢をしているためにそうなっていた。この次は、東京からやっぱり持ってこなくちゃ。お菓子を持ってこなかったのは、はじめてで、ウりばかり持ってきたので、それぱかり食べていたせいか、下痢している。胸がつかえている。「うんこビリビリよ」と言うと「俺は病気の女は大キライ」と言う。憎たらし。

昨日も今日も石屋の工事の音は、どこにもしていない。下の原っぱのプレハブ工事の大工の話声だけ。


七月十八日（日）　くもり、ときどき晴、夕方雨

テラスのペンキ塗りをしていると雨となる。

三時ごろ、深沢七郎さんが、ひょっこり現われる。弟さんの貞造さん夫婦がクラス会を河口湖でやりにきたので、車を借りて、一寸《ちょっと》、梅の様子を見にきた、といって二十分ほどいて梅を見て帰る。関井さんが、自在を二階のハリから吊す仕事が終ったので、一緒に下まで乗って行く。おせんべばかり五袋、お土産において行く。

深沢さんは「ここは富士山の中《なか》ですか？　中じゃないでしょうねえ。やっぱり、中かな。字《あざ》裾野が下に見えるから。一合目かしら」とそのことばかり言っている。「なかでしょ。字富士山という番地だから」と言うと、心配そうな、いやそうな面持をする。深沢さんの一族は富士山に登ったり、富士山のなかに入ったりすると、必ず悪いことが起るのだそうだ。キチガイになった人とか、盲腸炎になって死んだ人とかあるそうなのだ。そのことを話して、深沢さんは飛ぶようにして帰ってしまった。そして、こんなことも言った。「富士山

の見えるところに美人はいないですねえ」。いやだなあ。

夜、南條範夫のザンコク小説を花子と読み耽る。

七月十九日（月）　快晴

空は澄みきって、快晴。朝早くビールなど買いに河口湖へ下る。ガソリン二十二リットル千百円。湖畔の土産物屋が開いていたので、花子は人形と絵葉書を買う。二百八十円。鳴沢の郵便局で。葉書二十枚と切手、四百円。

朝日の森田さんより電話、管理所にかかってくる。「友達急用のため、三時にまた管理所にかけるから管理所まできてくれ」とのこと。これは友達急用ではなく友達急病のあやまりであった。指定された時刻ごろ管理所に行くと、電話の奥の遠い声は「梅崎*さんが、今しがた、急に亡くなった」といった。はじめ「梅崎さんが――」と話しだしたので、夏少し前に、梅崎さんがタデシナから車で遊びに行くといわれていたので、その連絡の話かとひょっと思ったら、つづけて「――亡くなった」といわれたので驚いた。

今朝がた、湖の裏岸をまわって鳴沢へ戻るとき、河口湖にしては、大へん水が澄んでいて、釣をする人も絵のようにしずかに動かない、うっとりするような真夏の快晴だった。〈こんな日に病気の人は死ぬなあ〉と思いながら車を走らせていたら、梅崎さんが死んだ。涙が出て仕方がない。恵津子夫人に弔電を打ちに鳴沢村に下る。今朝、勢よく、葉書を買ったついでに、東京からの転送や速達の郵便物について問合わせたばかりの郵便局にまた行く。私が涙を垂れ流しているものだから、局の人は「奥さん」と言ったきり、びっくりして顔をみている。「人が死んだものだから」と言って手を出すと、黙って頼信紙をくれた。帰ってきてずっと、ごはんのときも、誰も口をきかない。主人も私も花子も、別々のところで泣く。主人は自分の部屋で。私は台所で。花子は庭で。

〔附記〕　七月十九日のここのところに梅崎さんの新聞死亡欄の切りぬきが貼ってある。武田が切りぬいたのか、私が切りぬいて貼ったのか、忘れてしまった。切りぬき方がとてもへタクソなところをみると武田かもしれない。切りぬきはもう茶色くなっている。十九日午後四時五分死去、五十歳、と書いてある。若くて亡くなったのだなあ、と思う。その写真は、助けてくれえ、というような、あの、いつもの梅崎さんの顔をしている。

＊二三ページ。作家・梅崎春生のこと。（編集部注）

七月二十五日　晴

暑くなってくる。室内は二十五度。

朝ごはんは、パン。

午前中、花子は手すりのペンキ塗りをしたあと、熔岩にペンキを塗って人形を作っている。髪の毛は松葉。

昼すぎに洗濯。台所のふきんを煮る。

シーツ、フトンカバー取り替え。

戸袋の中の鳥の巣を手を入れてとり出す。外側の板張り工事が長かったので、親鳥はあきらめて卵を抱かないでどこかへ去ってしまったらしい。かけた巣は出してしまわないと次の年にかけにこない、と関井さんに教えられたので。

ポコのらくだ色の毛と苔と綿くずや毛糸屑、格子縞の洋服布のきれはしなどで出来た大きな巣で、猫の眼ほどの大きさの卵がいくつも入っていて、われたり、穴があいたりしている。卵の中の黄身も、にわとりの卵をそっくり小さくしたようになって入っている。かすかに血の気がさしているような白い卵で、うす茶色いそばかすのような点々がある。哀れである。「とうちゃん、卵みてみる?」ときくと、首を振って「見たくない」と言う。巣にくるんで仕事部屋の窓の下から見せると、怖わごわ、見にきたが、そのうち指でそーっとさわってみて、それからずいぶん長いこと見ていた。

管理所に新聞をとりに行き、ハイライト一個七十円、キャラメル二箱四十円。

都議員選は社会党が第一位であった。

夕方、車の水洗いと中の掃除。

今年は種子がとんできたらしく、庭にも道にも月見草が一杯増えている。おみなえし咲く。キンポウゲ、日光キスゲ咲く。

明朝早く東京行きなので、夜、皆早寝。

七月二十七日（火）　晴

二十六日に河出孝雄氏〔河出書房社長〕の御葬儀のため帰京。東京は息苦しい暑さだった。青山斎場に主人を送る。葬儀にこられた野間〔宏〕さんと奥様が歩いていらっしゃるのを、待っている車の中から私は見ていた。

今日、前十時半出発。御殿場まわりで山へくる。厚木の手前の小田急と相鉄の二本の踏切りで車がつまり、炎天下の稲田の中の道を、一寸刻みに進む。風が吹いているので気持はいい。野鳥園の前で一休み。ポコを出してとびまわらせてやる。三時近く着く。着いてすぐ、上の門の方で声がして、中村光夫、大岡昇平、上林吾郎さんが、ゴルフの途中だといって立寄られた。テラスでビールを飲み、まもなく帰られた。

そのあと、外川さん来る。腰骨をひねってずれたとかで、酒を飲まない。カルピスを飲んで、一昨日ごろ、作家のGさんが交通事故で二人、人をひき殺したという話をした。そのあと、そういうときは、どのくらい、ちょうえきに行くことになるか、ということを外川さんは思慮深げに想像して言ってから「小説家っちゅうものは、そういう場合、いいだなあ。牢屋に入《へえ》っても、坐って何か書けるっちゅう。いれんなことを書けるっちゅう——そういうことがあるだが、俺《う》らや百姓は具合わりいだ。牢屋に入っていれば、それだけ体がなまって、出てから使いもんにならねえだ。石の仕事はとくにあんべえわりいだなあ。それが罰《ばつ》っちゃあ罰だけんど」と言った。主人は黙って笑っていた。私は本当のことのような気がした。奥さんにブラウスをあげる。夜、東京から戻ってくると涼しさ限りなし。すばらしい星空となる。

七月二十九日（木）　晴

朝　おかゆ、茄子にんにく炒め、さつまあげ、大根おろし、味噌汁。
昼　ごはん、ロースハム一枚ずつ、やきのり、卵。
夜　おにぎり、コンビーフ（花）、冷やっこ、ババロア。
風呂をわかしかえし、ポコを洗ってやる。牛乳と新聞をとりに管理所まで行き、炎天の道をのろのろ歩いて帰ってくる途中で、外川さんの車がきたので、乗せてもらう。「スイリ小説の江戸川乱歩ちゅう人が死んだが、今度はゆかなくていいかね」と、教えてくれる。外川さんがここのところ、隣りの石積工事をしないのは、土運びの機械のベルトが切れたからで、今日ベルトを買ってきたから取り替えるのだという。ベルトは一万五千円もして「こんなことではひき合わねえ」と言った。
新聞をひろげたら、江戸川乱歩の死がのっていた。女学生のころを、ずーっと通して、私の一番愛読した本。古本屋で探しては、試験中のことも忘れはてて読み耽った、黒地に金粉をなすりつけたような表紙の××××だらけの本。東京の江戸川乱歩氏邸？（きっと東京にあるにちがいない）の方に向って遥拝。

午後三時頃、森田さんと運転手さんが来て四時ごろまで休んで帰る。運転手さんはビールを飲んではいけないので、テラスのパラソルのかげで、トマトやそのほかをひっそり食べていた。

外川さんは二人の男とベルトをつけ替えながら、朝日の車が帰るのを見ている。今日は日射しがことのほか暑い。

夕飯の支度をしていると、トランジスタラジオのジャズの合間に、大和の警官射殺犯人が車を奪って逃走、東京の渋谷の銃砲店に逃げ込み、店にいた人を楯にして警官と射ち合いの最中で、見物人が四人負傷し、山の手線がとまっている、としゃべっている。森田さんの車が、犯人の逃走した道順をたどって渋谷にさしかかる時刻である。

「ラジオで『ビルから見る東京の夕方の空は紫色で美しい』といっているよ」と、夕焼を見乍《なが》ら、花子小声で言う。

東京は、はるかかなたの、ふしぎに美しいもののように、なつかしいもののように、連続射殺事件のニュースを聞きながら思う。

八月十三日（金）

午前四時に東京へ。主人残る。花子、百合子だけ。
東京はむし暑い。河出書房の印税は三井銀行へ振込んでもらうようにする。
池田前首相がガンで亡くなった。ほかの人は死なない。

九月八日（水）　晴ときどき曇

午前中、列車便を出しに行く。主人同乗。帰り、本栖湖へ行く途中の富士ケ嶺別荘地への道を奥深くまで入って、赤い熔岩をバケツに二杯、ダンボール箱に一杯拾う。ここは入口は畠だが、奥に入ると樹海の中の道で、苔の生えた熔岩や赤い熔岩がある。主人は子供のように、赤い熔岩をみつけると駈け出して行っては拾い、よく見て気に入らないと棄てて、また、ほかのを見つけて駈けだす。赤でも気に入ったのと気に入らないのとあって、私が拾ってくると「それはダメ」と言ったりする。「赤い熔岩好きなの？　私は何とも思わないよ、これ見ても」と言うと「百合子はアタマがワルイからな。これのよさがわからない。これを一杯集めて庭に敷きつめて赤い熔岩の庭にするんだ。雨が降るといいぞ」と言う。あつめるなどという言葉、主人にはめずらしいこと。

卵、納豆、りんご、桃など五百二十円。

農協にて肥料（化成）三百円、タネ（冬菜、たまねぎ、鳴沢菜）六十円。

夕方、冬菜を一袋の半分まく。肥料を梅、りんごに入れる。

電気屋、球の取り替えにくる。車代三百円。とても背の高い人がきたので、机の上に椅子をのせただけで、楽に取り替えてくれる。

管理所に朝日より電話あり。后一時に電話するからとのこと。后一時に電話口に行くと、原稿の催促。管理所の人の話では、今年は寒さが早くきたそうである。

庭はわれもこうが盛りを過ぎた。ほかの草も盛りを過ぎた。軒先に捨てたメロンの種子から芽が出て、いまごろになって黄色い花が咲いた。関井さんの植えてくれた菊が濃く赤く咲いている。庭全体は病気にかかっているようだ。

十月五日（火）　晴
九時前に山に着いた。

ふとん、毛布を乾して、家の中に風を入れる。ポコは胸にガンが出来たので入院している。足もとにからまってくるものがいないので働き易い。

昼　パン（サンドイッチ）、とり肉スープ、ツナの罐詰《かんづめ》と大根おろし。

私だけ眠っていると、大岡〔昇平〕さんの御一家が管理所のジープで来られる。「奥さん昼寝？　可哀そうだから起すなよ」。大岡さんの大きな声がしたので起きる。ねぼけたへんな顔しているといやだな、と思いながら服を着る。隣りの空いている土地など、方々を見まわる途中で寄られたとのこと。部屋の間取りなど見て、一休みして帰られる。大岡さんと奥様と息子さんが来られた。息子さんは建築の方を勉強されているらしかった。大岡さんによく似ていて背がとても高い。

夜　東京からもってきた火鍋子《ホーコーツ》で、羊の肉を水たきにする。白菜、椎茸、羊肉、ねぎ、冬菜を入れる。羊肉は細く切った方がおいしい。冬菜も摘みたてだからおいしい。

庭の羊歯《しだ》は黄色くなった。くまいちごだけが、青々と、黒いほど青々としている。

大岡さんはぶどう酒を下さった。帰りがけに奥様が「ここに置いてまいります」と小さな声でおっしゃった。もの静かな、和服の似合う人。こんな優雅な美しい人、私は知らない。

十月三十日（土）　晴

ぼんやりと晴れている日。ポコは枯葉の大きいのが落ちるたび、その音の方をにらんだり、ウウと唸ったりする。

ギボシのたねを手にとって中味をはじめて見た。ギボシのたねは枯れてくるとサヤが割れて、中のたねの一つずつ羽状になって並んでいるのが、風が吹くと、ひらひら散って方々に落ちる仕掛である。羽はオハグロトンボのように真黒い羽だ。

散歩に出ると、北側の下り坂の木陰に、オレンジ色の大キノコが三つ、傘のふちは紅色で、内臓が置いてあるように見える。去年も同じところにあった。雪が深くなってもその下で緑色をしたままの草も、大分葉が大きくなった。この草はうちの庭にも増えた。雪が降るころ、ウサギのたべものになるという。紺色の富士山は五合目まで雪。昨日今日の快晴でうっすらと融けている。隣りの林の中に透けて見えた赤い実の枝をとってきてサントリーのびんにさした。赤いうるしを塗ったようなつやつやした実。図鑑でひくと、スイカズラ科の〝がまずみ〟または〝こばのがまずみ〟。食べられると書いてある。食べようとすると主人、私の手をつかんで「やめろ。七転八倒だぞ。野菜を食べていればいいんだ」と言う。「ふらふらと散歩に出かけて、やたらと道ばたのものを口に入れるんじゃないぞ。前に死にそうになったのに懲りないのか」と、圧しつけるようなふるえる声で怒る。

十一月八日（月）　くもり、夜になって雨

十時半（朝）赤坂を出る。大月まわり。

河口湖の駅に寄り、駅売りのうどんを食べる。私は素うどんにしてもらう。主人は天ぷら（精進揚げが入っている）うどん、二杯百二十円。痩せた赤い顔のおばさんが、ごぼうを沢山千六本に刻んでいる。その仕事の合間にうどんを作って客に出している。車に乗ってから「おそろしく不愛想な女だなあ」と不愉快そうに主人言う。山梨にくるようになって二年経つが、ずい分色んな店に買物に行ったが、こんなつっけんどんな仕草の、愛嬌のない応対をする店屋ははじめてだ。この女はバカ。

富士は裾まで深々と雲がおりている。今朝の新聞には、八合目で、二人死に二人重傷の遭難がでていた。御胎内を過ぎてのカラ松林は、ダイダイ色一色に紅葉している。幹は焦がしたように真黒く、ダイダイ色は金色にみえるほど燃えているように美しい。

門の前にジープがとまっている。冬に備えて、水道配管の凍結防止の調査にきていた。男三人すぐ帰って行く。

暗い家の中に入り、煖炉に火を焚いて家中をあたためる。あたたまると主人、眠る。

夜　ごはん、シューマイ、白菜のつけものを油炒めする。味噌汁（豆腐、つまみ菜）。

蒔いた冬菜は、二十センチの大きさに育った。それをつまんで味噌汁の実に。ごはんを食べて、主人、また眠る。

十二月二十九日　くもりのち晴　朝、霧雨
昨夜遅くから、今日午後まで停電、降雪のため。

昨夜のうちに雪は積り、膝を没する深さとなった。

屋根から落ちる雪は、赤屋根の塗料に染まって、薄ピンク色である。

朝　主人、ごはん、粕漬鮭《かすづけ》、味噌汁、海苔。百合子、花、のりまき餅、味噌汁。

ポコの体が埋まってしまうほどの雪のつもりかたなので、花子は庭に犬の歩く道を踏みかためて作ってやっている。「雪で椅子を作って腰かけていたら、そばをヤマネが一匹通っていった」と、花子告げにくる。遠く鳴沢道の方からジープがチェーンをつけて走ってくるのが見えた。巡回の人かと思っていると、しばらくして、いきなり南隣りの林に三人の男が現われる。食堂の椅子に主人も私も腰かけていたときだ。二匹犬をつれているので、花子はポコを抱えて急いで二階の部屋へ入ってしまう。巡回ではなく猟師だった。一人は空色のアノラックを着て赤い帽子、あとの二人はカーキ色と黒いジャンパー。犬は白い日本犬と三毛の牝の猟犬で、三毛の方は首輪をして鑑札を下げている。林の奥の方にまだ二人いて、全部で五人だ。テラスの近くまできて、ここの茂みで兎の足跡が消えているといって、灌木の茂みに向けて銃を構えているが、銃先はテラスの方、つまりわれわれのいる食堂の方に向いている。私が立ち上ると、主人は「百合子」と、スゴイ怖い顔をしてにらむ。黙っていろ、ということなのだ。〈文句をいったら、カッとなられて撃たれてしまった、という話がよくあるぞ、バカバカしいぞ、そんなことになったら〉という眼付きでにらんでいる。私は主人と並んで、また腰かけた。一人の男が「失礼します」といって、それから境のバラ線をまたいで、テラスにひょいと上り、テラスを横ぎって庭に入ってくる。一匹の犬はラッキーという名前らしく、猟師たちは「ラッキーに追わせればいいだ」と、さかんに言っているが、ラッキーはポコの足跡ばかり不思議そうに嗅いで、罐詰のあき罐の入っている箱のところへ辿りついてしまって、尻尾を振っている。男たちはしばらく平然と庭を歩きまわっていたが、銃は撃たないで門の方へ上って去って行った。解禁になっている季節にはこんなこともあるのだ。禁猟区になっているといっても、人が住みはじめて庭として境界や門を作ったとしても、昔からこの辺で猟をしたり伐採したり、茸《きのこ》や木の実や草の芽を採っていた地元の人たちにとっては「俺らたちの山」なんだなあ。怖ろしいから、これからは外を歩くときは、赤い帽子をかぶるか、笑い声をたて乍ら歩くか、歌を歌い乍ら歩くかしないと、獲物と間違えられて撃たれてしまうかもしれない。

停電が終った。安心して夕方スキーをしに上の道へ出る。猟師のジープのタイヤの跡がずっとついているので、そこをスキーで滑るとよく滑れる。タイヤの跡を辿って行くと、二匹の犬の足跡もついていて、ところどころに黄色いおしっこが沢山してある。赤い色のおしっこもあった。一匹の犬は病気かもしれない。ガンかもしれない。猟師は知らないで連れ歩いているのかもしれない。

夕飯前に管理所の人来て「洗面所のパイプの部品を買いに行ったが、年末で店が閉っていて手に入らないし、工事をした人も来年にならないと仕事をしないから、年があけて六日か七日頃、工事をした人と一緒にきてちゃんと直す」と言う。

ジープにチェーンを巻かないで鳴沢道を上ってきたら、ここまでくるのに二時間かかった。雪がやわらかいので車が動かなくなった。今日は二時頃からブルドーザーが上ってきて、道の雪をかいているから、明日からはチェーンを巻けば下まで下りられると思う、という。御用納めになってもジープは巡回するというので、そのときは、うちにも寄ってくれるように頼む。

オガライト二袋、ビールが残り少なくなったし、白灯油もあと二罐なので、下れるようになるといい。一日中、石油ストーブをつけていると、一罐は一日半位でなくなる。食料の方は安心。

浄化槽の煙突は、雪が落ちるときに屋根から外れて半分に折れた。

下弦の月出る。まわりに小さい暈《かさ》が、はっきりとかかっている。

昼　ごはん、粕漬鯛（百合子、花）、コンビーフのオムレツ（主人）、野菜塩もみ、みょうがの味噌漬。コーヒーを飲む。

夜　白菜、ベーコンの鍋の中に粕漬の魚を入れ、うどんを入れて食べる。汁がおいしい。これは主人の発案。主人沢山食べる。

食後、羊かん（中村屋の田舎羊かん）を切って、抹茶を飲む。丁度そのとき、ラジオで北京放送をやっていた。私は羊かんと抹茶が想像したよりおいしかったのではしゃぎ「河口湖でワカサギ釣をしたら面白かろう」と、まるでしたくもないのに言うと「可哀そうだからやりたくない」と、花子は抑揚のない小さな声で言う。「今日きた兎撃ちの人もイヤだ。あんなことはイヤだ」。ずーっと、そのことを思い続けていたらしく、浮かない顔して言う。クリスマス用のオレンジ色の太いろうそくを出して試しにつけると、明るくて字も読める。停電用とする。

ラジオで、山田耕筰が死んだ、といった。

昭和四十一年

一月一日 快晴

八時半起きる。

南アルプス全部見える。はっきり見える。富士山も全部見える。いいお天気だ。

朝 お雑煮（豚肉、かき玉、ねぎ）、黒豆、だてまき、昆布まき、かまぼこ、酢ダコ。

花子はカルピス、主人と私はビールで、新年の挨拶をする。「明けましておめでとう。今年もどうぞよろしく」

昼頃、Wさん巡回、買物の用をしに寄ってくれる。七千円渡してビール四打《ダース》頼む。Wさん、床屋に行き、半コートの新しいのを着ている。いれちがいに関井さん来る。年始のあいさつに。今日はゴルフ場のハウスで社員全員揃って祝賀式があり、今散会して帰る途中で寄ったのだそうだ。四日から仕事をはじめるから、四日に台所の水道を直しにくる、という。関井さんは、黒に白い縞の礼装用ネクタイをしめ、背広の上にアノラックを着こんでいる。やっぱり床屋に行った顔と頭だ。東京から持ってきていた海苔の罐と、貰いものの下駄を奥さんに、と差上げる。Wさんも関井さんも「今日は道が凍っていて上りにひどく骨が折れた。危ないから、明日下る方がいい」という。初詣ではやめにしておく、と主人いいだす。

風呂を沸かし、明るいうちにゆっくり入る。三人とも下着をすっかりとりかえる。陽ざかりに洗濯ものを外に干してみたら、みるみる凍りついて、するめのようになった。

昼　ごはん、さわら味噌漬、豆腐味噌汁。

夜　ふかしパン、串カツ、きゅうりとキャベツ酢漬、果物のゼリー。

夜、寄席中継をきく。ラジオでは、今夜から、また一層冷えこみ激し、という。主人、花子に百人一首を教えている。二首ほど教えて「あとは一人でやれ」といって寝る。花子一人でやっている。

富士山と南アルプスが、今日は本当に見事であった。

四月十日（日）　くもり時々晴、夜は星空

朝、暗いうちから主人が煖炉で燃やした木が、バカに燻《くすぶ》って、食卓も、煖炉の上も二階の手すりも、スタンドの笠も煤《すす》をかぶった。私が眠っているうちに煤は私のところまでやってきたらしく、鼻の中も頸《くび》も真黒であった。

朝　トースト、スープ、キャベツ巻。

ひる　グリンピースとバターの炊きこみ御飯、佃煮、味噌汁。

ポコは、この御飯もわけて貰ったし、キャベツ巻も喜んで食べた。

ひるの支度をしているとき、Rさんがきて、前に話のあった、桜だかもみじだかで作ったタバコ入れを持ってくる。大黒《だいこく》さんの後姿にみえるキザミ入れは桜のコブで出来てい、キセル入れはもみじ、根付《ねつけ》のところはけやき、キセルの柄《え》はまゆみだそうである。値段は一万五千円。もちろん買わない。Rさんは「よーく見ていると、大黒さんが向うへ歩いてゆく後姿に見えるでしょう」と、何度も、その角度にキザミ入れを持って、言う。Rさんは「しばらく置いて飾って眺めていてもかまわない」などといいだし、置いていってしまう。早速、押入れの中へしまう。Rさんは先だって、大磯の大岡さんの家まで、家を建てる打合せに行ったそうだ。

メキシコのだという古い汚ないお盆（東京の古道具屋がくれた）に、主人が黄色の絵具で色を入れたら、とてもきれいになったので、二階の廊下にかける。

三時、富士山へ上りにスバルラインへ出る途中、御胎内の手前で車をとめて林の道を散歩しようとすると、左の方で男の人が「一寸、おねがいします」と叫んでいる。静岡ナンバーの車がぬかるみにのめりこんでしまっている。ジャッキも使ってみたが駄目らしく放り出してある。若い女の子の連れにハンドルを持たせているが、男一人の力では車が押し出せないらしい。主人が「この道を前進すれば、奥の方はもっと、ひどい道だよ。わるいことはいわないよ。バックで戻った方がいいよ」と、とめる。私と主人と男と三人で押しながら、女の子にハンドルをきらせて、具合のいいところまで戻す。男は連れの女の子を「お前」「お前」といって、ハンドルのきり方や、アクセルのふかし方を、どなって指図する。女の子はおどおどして、ナイロンの靴下に木の枝がひっかかって裂けたり、スカートに泥がはねても見もしないで、足をふるって、運転席と、男の間を走っていったりきたりして、いうことをきいている。押し戻った車はスバルラインに出て左へ、河口湖の方に一散に下っていった。私たちはスバルラインから右へ、富士山へ上る。

三月末の雪で、二合目位から、まだ日陰の沢や森の中に雪が残っている。それでも、もう風は冷たくなく車の暖房もいらない。三合目からは霧が巻き下りてくる中を上る。大沢の駐車場も霧の中である。机竜之助が石に腰かけていると、実はその石は悪女大姉の墓石であった、という映画の場面のような、暗いそそけだつ霧の中だった。

夕方から陽が射してくる。管理所で小麦粉、ミツカン酢、パイナップルと桃のかんづめを買う。計三百七十円。

夜　やきそば（キャベツ、牛肉、桜えび）。

私は一皿食べたあと、二皿めを食べていたら、急にいやになって、残りは明日の犬のごはんにやることにする。「百合子はいつも上機嫌で食べていて急にいやになる。急にいやになるというのがわるい癖だ」と主人、ひとりごとのように言ったが、これは叱られたということ。

夜は星空となる。遠くの灯りと星とは、同じ位の大きさにみえる。色も似ている。

この頃、やきそばやお好み焼をするので、桜えびを沢山使う。今日納戸の整理で出てきた、かびた桜えびに熱湯をかけてざるにとり、夕方西陽のあたっているテラスに出して干してみた。

五月十九日（木）　快晴

私が目を覚ましたとき、主人は、朝の散歩に出て、わらびを二つかみほど採り、庭を下りてくるところであった。三時ごろより起きだして仕事、あけ方は寒く、ストーブを焚いたとのこと。

朝　ごはん、コンビーフ、味噌汁、のり、卵、大根おろし。

今日はきらきらするほどの夏のような陽射し、頭が禿げそう。私のふとん干す。冬オーバーを干して茶箱にしまう。ハチが出てきた。

まひるま、しばらくは、ハチのうなる音がするだけである。

ときどき高射砲らしい爆発音が硝子戸をびりびりさせる。家全体が揺れる。北富士の演習がはじまったらしい。

ひる　精進揚げ（茄子、さつまいもと桜えびかき揚げ、わらび）、ごはん。

午後から私もわらびを採りに行ってみたが、五、六本しか採れない。もう日中は暑くて、歩いていると汗がにじんでくる。頸や腕の汗にハチがとまろうとして、どこまでもついてくる。

口述筆記（筑摩評論集あとがき）十一枚ばかりする。

夜ごはんの支度（やきそば）をしていると、外川さんと女衆二人、石工のおじさん一人が仕事の帰りに遊びに来た。ビールと焼酎、罐詰のみかんにカルピスを入れたのを出し、やきそばをお皿にとる。外川さんは焼酎は飲まない。ビールだけである。ほかの人は焼酎を飲む。女衆はぶどう割りにして飲む。

石工のおじさんの話
○下の原の茂みに夜鷹が巣をかけているが、人がときどきくるから卵を孵《かえ》さないかもしれない。夜鷹は、キョ、キョ、キョと、夜鳴く。
外川さんが負けずに話した話
○夜鷹の鳴くときは、次の日は晴れる。必ず晴れる。おわり。
この辺はまだ田植をしていないらしい。女衆の一人は「うちはいつも節句の頃するだ」

と言った。節句なら六月五日だ。みんなは、今度植えた、うちの白樺をほめた。

かえりがけ、外川さんは主人の耳のそばで、内緒ごとのように何かしゃべって出て行った。やきそばを全部出してしまったので、もう一度作って食べる。主人、もう、眠たくて、少し食べかけて、眠ってしまう。

今夜もすばらしい星空となった。冷え冷えとして昼間の暑さが嘘のようである。そして松の――松脂《まつやに》だろうか、そのほかの樹も精分を吐きだすのだろうか。庭には、その匂いが一杯だ。

空襲で焼け出されたのが五月の三十日で、六月のはじめの晩、焼け残った荷物を一つずつ背負って提灯を提げて、弟と山の中の一軒家へ登って行くとき、この匂いが一杯していたので、そのことを思い出すのだ。それからあとの胸苦しい羞かしい色んなことが、わっとやってくる。自然がいやになる。

六月八日(水)　くもり時々晴

梅崎春生さんの文学碑が坊津《ぼうのつ》に建ったので、鹿児島まで旅行したりして、しばらく山へ来なかった。

朝六時半赤坂を出る。御殿場まわり。

山北のトンネルは古く狭くて、中は暗い。いつも上から水がぴたぴた落ちてくる。舗装は傷《いた》んでいて、大小の穴が沢山あいているがよく見えない。前の車の尾灯を見ながら、尾灯が傾いたり、左右に急に揺れたりすると、そこには穴があるから注意して、ブレーキを踏んでていねいに走ることにしている。今日はすぐ前が大トラックだったので大きな穴が分らず、ブレーキを踏まないまま、右タイヤがガクンと落ちこみ、そのはずみに、うちの車の何かが外れたらしく、カランカランと転がって行く音が大きく響いた。上り下り前後、ひっきりなしにダンプが疾走している。停ることは無理なので、トンネルを出てから隅に寄って停めると、右後のタイヤホイルカバーがなくなっていた。車の下の状態をのぞきこんだり、ほかのタイヤをみまわったりしていて、ふと気がつくと主人がいない。ひとことも言わずに、トンネルの中へ、すたすたと戻って行くのだ。しかもトンネルのはしっこでなく、まんまんなかを歩いて入って行くところだ。「あんなものいらない。なくても走れるよ。歩いて入っちゃ危ない」。私が呼び返しても、大トラックが轟音《ごうおん》をたてて連続して出入りしているので聞えない。ふり向かないで、真暗いトンネルの中に、吸いこまれるように、無遊病者のように、大トラックに挟まれて入って行ってしまう。何であんなに無防備なふわふわした歩き方で、平気で入って行ってしまうのだろう。死んでしまう。昨夜遅くまで客があり、私が疲れていて今朝眠がったからだ。ぐったりしている私の、頭を撫でたり体をさすったりして、しきりになだめすかして起してくれたのに、私が不機嫌を直さなかったからだ。車の中で話しかけてきても私は意地の悪い返事ばかり返した。私は足がふるえてきて、のどや食道のあたりが熱くふくらんでくる。予想したことが起る。トンネルの中で、キィーッと急ブレーキでトラックが停る音がし、入って行く上りの車の列は停って、中でつかえている様子。バカヤローといっているらしい運転手の罵声が二度ほどワーンと聞えてくる。私はしゃがんでしまう。そのうちに、主人は、またトンネルのまんなかを、のこのこと戻ってきた。両手と両足、ズボンの裾は、泥水で真黒になって私の前までくると「みつからないな」と言った。黄色いシャツを着ていたから、轢《ひ》かれなかった。ズボンと靴を拭いているうちに、私はズボンにつかまって泣いた。泣いたら、朝ごはんを吐いてしまったので、また、そのげろも拭いた。

富士小山の辺りで車がつかえる。大トラックの正面衝突で助手席までつぶされ、運転席がやっと半分ほど残っている事故、道には硝子が散乱、血の痕がある。

スタンドにホイルカバーを頼んで、単行本になった「十三妹《シイサンメイ》」を、おじさんに置いてくる。

しばらく来ないうちに、草も木も茂って、夏の匂いがしている。桜は丸い光った赤黒い実をつけた。くまいちごは白い花を散らしはじめている。咲いているのは、白いすみれ、あつもり草、オレンジ色のつつじ、なるこゆり、ちごゆり。

ひるすぎ、夕方まで私はぐっすり眠った。

六月二十日（月）　くもり時々雨

朝五時半帰京。

六時半ごろ上野原ドライブインの手前にさしかかる。カーブの下り坂を下りきったところに大トラックがパンク修理で赤旗を出して停車していた。車の下には二人ばかり這いこんでいる。逆方向からはトラック二台のあとに五、六台乗用車が続いてきて、追い越しできる状態ではないので、男の出している赤旗に従って停車し、車の通過を待っていると、何ともいいようのない、大きないやな音で、後からぶつかってきた。石を満載した小型トラックが追突してきたのだ。ハンドルも握っていたし、ブレーキも踏んでいたので、前の車につっこみもせず、助手席の主人も何ともなかったが、私の頭が揺れ、胸の骨がコキンと鳴った。車のトランクは右半分がつぶれ、蓋があいた。タイヤには異常がないので、ドライブイン前の広い原っぱにお互いの車をもってゆき、交渉をはじめる。トラックの運転手は五十がらみの男で、ひたすら自分がわるいと謝ってばかりいる。

〈朝早かったので少々居眠りをしていた。カーブの下り坂だったので見通しがわるく、赤旗が出て車が停っているのを見てブレーキは踏んだが遅かった。一方的に自分がわるいことは認めるから警察を立会いによぶのだけは勘弁してくれ。免許停止になると食いあげになるから、それだけは勘弁してくれ〉と言う。それなら、東京の出入りの修理屋に入れて直すから現金で支払え、というと〈富士吉田に住まっているから、地元の修理屋で直させてくれ。それを現金で支払う。今、金は持っていない〉と言う。警察をよばない以上は、この人を信用するということになるが、東京の修理屋に入れることも出来ないのでは、いい加減なことで済まされてしまう怖れもあり、吉田の近辺の人に立会ってもらうことにする。主人は私のそばに立って終始黙っていたが「少し待つことになりそうだから、くたびれるから車の中にいて」と言うと、車の中に入った。

ドライブインに行くと、事故を眺めていたらしく、女の人がすぐ局に番号を問合せて、河口湖のスタンドに急報を入れてくれた。おじさんが出て、少し待てばすぐノブをやる、という。

事故現場のそばにあるトンネル工事の飯場から、代る代る人夫や子供連れのおかみさんがやってきて、車のまわりをまわって眺めてゆく。朝早いので、ねまき姿のままでくる人もあるが、黒めがねをかけ、黒シャツをちゃんと着込んでやってくる人もいる。黒めがねは「奥さん、こんなに朝早く、一人で旅行でもした帰りかね」「警察よばないなんて危ねえなあ」「女一人に男二人の車がぶちあたったか。向うがへんなこと言いやがったら、俺出てやるからな」「話まとめてやってもいいがな。うまいよ、俺」などと、私につきまとって低声で言う。私が聞き流していると、今度は相手方の車の方へ行って、小さな声で何か言っている。ドライブインに出勤してきた男女も店の中で話し合っては、一人ずつ代る代る見にくる。「ひどくやられてるから警察頼んだ方が無事ですよ」と忠告してくれる。

また、黒めがねが戻ってきて、「女一人に男二人じゃかなわないよ。向うは車にのりこんで平気の面《つら》して笑ってやがるぜ」といいつける。たしか、ぶつけてきた車には男一人が乗っていたように見かけたけれど、さっきからヘンなこと言うなあ、と思って、トラックの運転席をみると、主人が助手台に乗っている。「あのうちの一人は私の主人よ」と答えると「あれ、旦那なのかあ、奥さんの。向うの車に乗ってビールかなんか飲んでるよ」と呆れたように飯場へ帰って行った。

トラックの運転台の下まで行くと、主人はかんビールを手に持ってすすり、おじさんにもすすめている。男は恐縮して断わっている。当り前のことだ。すると主人はタバコを出して男にやり、男はマッチを出して主人と自分のタバコに火をつける。「――しかし、人間というものはそういうものなんだなあ」。そんなことを言って主人はおじさんと笑っている。おじさんも少し安心した風に笑っているのだ。

十時近く、ノブさんは若い衆を連れてブリスカでとんできた。電話が入ったとき、人夫を運んで行く仕事で五合目へ上っていたので、下りてきて、すぐとんできた。河口から四十五分できた、という。

警察の立会いは頼みたくない、修理は吉田でする、この二つの相手方の意向を入れる代りに、ノブさんの知合いの地元警察のO部長を非公式に立会わせ、修理屋はいいのをノブさんが選んでそこに入れさせ、納得ゆくまで直させる。車は荷物もあるので、このまま東京の自宅までノブさんが運転して行き、吉田へ回送して修理屋へ入れる。――ノブさんは、おだやかな低い声で、さっさと話をつけた。

東京までの道のりを運転しながら「よくよく考えてみりゃ、相手方のいいなりになってやったわけだ」とノブさんは言った。

二時前に東京に着く。ノブさんにうなぎをとって食べてもらう。

〈今日六時前に吉田の修理屋に車を入れて、修理個所を調べて、話を今日中につけてしまわなくてはいけない。万が一、相手方と話がつかない場合には、事故が起きてから二十四時間以内なら警察に届けられるが、それ以後は無効となるから、今日中に修理屋が開いているうちに吉田へ着くようにする〉といって、ノブさんは食べ終るとすぐ立ち上った。后七時半頃、河口湖より電話がかかってきた。「今、相手方のおじさんもこの電話口に来ている。一時間ほど前に修理屋に入れて、話もついた。土曜日までには直って東京へ届けられる」と。

追記（六月三十日に書く）

事故のときは、格別のこともなかったのに、三日ほど経つと、私の頸はつっぱったようになり、左右にまわらない。鏡でみると頸が太くなっている。医者のレントゲンでは異常はないといわれたが、名倉堂に行くと、頸椎《けいつい》と脊椎《せきつい》が二個所ずれていた。ひっぱって入れてもらい、はれている頸に湿布をした。名倉堂では、この種の事故は後遺症がこわいという。

土曜日、Kさん(相手方)は、后七時すぎ、直った車を持ってくる。ビール二打を玄関の隅に置いて「おらの気持だ」と言う。今日は、水色の買いたてのシャツを着ている。私が頸にほうたいをしているのをみて、医者の金だといって、くにゃくにゃした財布から、千円札を一枚、ていねいに膝の上でシワをのばして出してくれる。

「もういいの。話はあのときついたのだから。頸がはれたのは、三日経ってからだから。心配しなくていい」と私が断わると「気持がすまない」と言うので、貰う。

新宿発八時の便の、仲間のトラックに乗せて貰うからすぐ帰る、というので、晩の炊きこみかに御飯を、二人前ほど弁当箱につめて、トラックの中で食べるように渡す。

七月十四日(木)　くもり時々小雨

つみ荷。かんビール二打、キャベツ、じゃがいも、玉ねぎ、グレープフルーツ一個、お中元のかんづめ三箱、お中元のカルピスと味の素詰合せ一箱。

主人と私と朝日の森田さんとカメラマンの人とで北海道旅行をしたので、その間にポコは小松医院でフィラリヤの注射をした(北海道旅行は「舞台再訪」? というような記事のためで、主人だけでいいのだが、「十三妹」の原稿を列車便で出す役をしたから御苦労さん、といって、森田さんは、付録の私を紛れこませて連れていって下さったのである)。松田の食堂で、かにコロッケライスを食べる。小山のあたりから霧が出て、須走《すばしり》では視界十メートル以下となる。

昨夜別れ話を相談にきたE夫人と十二時近くまで酒を飲んでいたので、私は眠気を催す。忍野《おしの》のあたりではいよいよ眠くなったので、チョコレートを出して口の中へ入れる。

庭はあざみの盛り。

花子の部屋の窓下に、小さなかたまりがある。犬は来るなり匂いを嗅いだが、くわえもしないで、ほかへいってしまった。荷物を運びながら、よく見ると、鳥の仔が仰向けになって足を時々動かしているのである。巣から落ちたらしい。羽はむしれて赤裸で、内臓まで薄く透きとおってみえる。呼吸するたびにバカに大きく内臓が動く。眼はつぶっていて嘴《くちばし》も開かないが、苦しそうだ。羽が折れて、折れ口には一寸血がついていてアリがたかっている。五十センチも離れたところに柔かい羽毛がかたまって落ちていて、体はすっぽりと赤ムケになっている。浅い穴を掘って柔かい葉を敷いて、その中にうつむけに移し入れてやると、体のわりに大きな、成鳥のようなしっかりした足で夢中で歩こうとする。背中の方も赤ムケ、頭にも毛がない。足も骨折をしているらしい。漿液《しょうえき》のようなものがにじみ出ている。じいっと見てから土をかぶせて埋めて固く踏んでやった。

夜　持参のおにぎり、キャベツとピーマン炒め。

かにコロッケ二人前四百円、ビール二百円、松田の食堂にて。

冬の間の凍結で裂けたところに泥を入れて、管理所のブルドーザーが道をならしている。

八月十九日　雨
台風が遠いところに発生しているとか。急にざーっと降ってから、西の空に晴れまが見えたと思うと、今度は霧が一帯にかかって曇となる。そして霧は、いつのまにか、しとしとと小雨に変る。秋のようだ。

朝　残りのかに御飯、いくらもまだ残っているので食べる。さつまいもの味噌汁、大根おろし、卵。

昼　そうめん、サラダ。

午前中、大岡さんが、新潮社の坂本さんとみえる。坂本さんにふぐの干物を頂く（この干物、とてもおいしかった。肉が厚くて、ひごひごしていて）。

二時ごろ、ビールを買いがてら、山中湖にきている花子の友人を訪ねる。

山中湖は道すれすれまで増水し、小波《さざなみ》が一面にたちさわぎ、霧雨でまわりの山は煙っている。水は温かいらしく、舟着き場で、五、六人泳いでいた。マウント富士ホテルのフロントでは、Iさん一家は外出中という。折角来たのだから、パチンコでもして帰るか、と遊戯場で二十分ほど遊んでいると、Iさん一家が帰ってくる。花子とIさんが遊び終るのを待って五時半にひきあげた。待っている間I夫人と話をしていなければならず、私は丁寧な言葉をつかったり、心にもないことを言ったりして、ガス中毒したように疲れた。I夫人は「私どもが帰ってきましたら、フロントで『さきほどお客様がお見えになった。眼の大きな女の方がお子さんを連れて』といいました」と、私の顔を見ながら、おかしそうに言った。帰る車の中で花子は「フロントの人は眼が大きいといったのではなくて『眼玉《めんたま》の大きい人』と本当はいったらしいよ。Iさんが私にそういった」と言う。不愉快。

スタンドで、ワイパアを取り替え、ファンベルトのゆるみを直してもらう。ワイパア二本八百円。車がヒイヒイいうのが直る。

スタンドのおじさんは、アイスクリームを三個くれる。二人だから二個でいいというと「先生に持ってゆけ。ビールを飲む人にはこのクリームは、うんとええだぞ」と言う。いつものハチミツアイスクリームである。

湖もまわりの山も、道の両側の畠も、スタンドも、どこもかしこも秋がどっときてしまったようでさびしい。今日は御胎内も、ぴったりと戸を閉じてしまっている。門の前までくると、兎が門の脇からとび出て、道を横切って、向いの沢へ走りこんだ。

夜　おにぎり、野菜の煮たの。

洗顔クリーム六百円、ビール千三百八十円、花子と私パチンコ五百円。

村民税来る。

夜、虫の声、家のまわりをとりかこんでしているのに気がつく。

九月七日　晴

東京を五時出る。御殿場まわり。

荷物。夏の間のふとんカバー、シーツ、テーブルクロースなどの洗いおえたもの。かんづめ、ごま油、黒パン、じゃがいも、ピーマン、玉ねぎ、さつまいも、ねぎ、まな鰹《がつお》粕漬、鮭、みょうが、卵、ハム（「群像」からの頂きもの）、やきぶた。

山北あたりは東京への上りトラックの列が殆どきれなかったが、その後は車が少なくなる。小山へくると富士山がうっすらと紫色に見える。もう夏の富士ではない。

籠坂峠を上りつめたあたりから霧がある。山中湖への下りにかかり、スピードがついてくると、見通しのきかないカーブで、自衛隊のトラックが、センターラインを越え、まるっきり右側通行して上ってくるのに、出あいがしら正面衝突しそうになる。自衛隊と防衛庁の車の運転の拙劣さには、富士吉田や東京の麻布あたりで、つねづね思い知らされてはいるが、あまりの傍若無人さに腹が立って「何やってんだい。バカヤロ」とすれちがい越しに窓から首を出して言った。すると、どうだろう。主人はいやそうな目でちらりと私を見やって「人をバカと言うな。バカという奴がバカだ」と低い早口で叱るのだ。私はおどろいて「だってバカじゃないか。こっちはちゃんと左を下ってるんだ。見通しのきかないカーブで霧も出ているのに右を平気で上ってくるなんて、バカだ。キチガイだ。自衛隊はイイ気になってるんだ。あたしはバカだよ。バカだっていいんだ。バカだっていいから、バカな奴をバカと言いたいんだ。もっと言いたい。もっと言いたい。とまらないや」と、今度は主人に向って姿勢を正して口答えした。すると、どうだろう。主人はもっと大きな声をあげて「男に向ってバカとは何だ」とふるえて怒りだしたのだ。おどろいた。正面衝突されそうになった自衛隊に向ってバカと言ったのに、私の車の中の、隣りに坐っている人が自衛隊の味方をして私に怒りだすなんて。車の中にもう一人敵が乗っているなんて。「そんな眼をするな。とに角、男に向ってバカとは何だ」と重ねて言う。問答無用といった風に怒っている。私は阿呆くさいのと、口惜しいのとで、どんどんスピードが上ってしまい、山中湖畔をとばし、忍野村入口の赤松林の道をとばし、吉田の町へ入ってもスピードを出し放しで走る。

いいよ。言わないよ。これからは自分一人乗ってるときにいうことにしました。何だい。自分ばかりいい子ちゃんになって。えらい子ちゃんになって。電信柱にぶちあたったって、店の中にとびこんだって、車に衝突したって、かまうか。事故を起して警察につかまってやらあ。この人と死んでやるんだ。諸行無常なんだからな。万物流転なんだからな。平気だろ。何だってかんだって平気だろ。人間は平等なんだって？　ウソツキ。

頭の中が口惜しさで、くちゃくちゃになって、右は走るわ、急ブレーキをかけて曲るわ、信号が赤だって通りぬける。主人をちらりと眼のはしの方で見ると、車の衝撃実験のときの人形のように、真横向きの顔をみせて、しっかりと座席のふちにつかまっている。ところが朝早かったから、吉田の通りは店を閉めていて人も通らず車も見かけず、お巡りさんもいず、スタンドまできてしまった。一と言も口をきかず、急ブレーキをかけて、スタンドに乗り入れる。ガソリンは入れてあるから何も用なんかないが、とにかく、おじさんかノブさんにいいつけてやりたい。

おじさんとノブさんは表に椅子を出して腰かけていた。車を降りるなり、おじさんのところへ行って、これこれで、こういうことがあってと話し、「それだのに、こっちの車の中の人が向うについて、バカという奴がバカだと言った。男に向ってバカとは何だ、と私に怒った。そんなことってあるか。私は口惜しいから車のサーカスみたいな運転してやった。この人と死んだってかまうかと思ってね。この人スピードあげて走るの一番キライだから、キライなことやってやった。おじさんどう思う?」といいつけると、おじさんは「自衛隊がワルイだ。そりゃ、ただのところの右側通行でねえからな。運転してるもんの気持からすれば、怒るのは当りめえのことずら。しかし、先生の……」と、あと口の中で少しもごもごしてから「奥さんの勝ち」と言った。主人は、ずっと黙っていた。私は言ってしまったら胸が納まった。ノブさんは私の話が終ると「今、丁度、先生の話をしていたところに車が入ってきただなあ」と、ふだんの声で言った。そしてもっと小さな声で「先生はえらいなあ」などと言う。

大きな松茸をくれる。スバルラインの上の方まで行って採ったらしい。三本採って、一本は乗せて行ってくれた車の運転手にやり、一本は松茸めしにして皆で沢山食べたのだ、とおばさんは言う。松茸は裂いて食べるのがおいしい、とおじさんは言う。昨日東京で買った、おじさんへのお土産の焼き豚のかたまりを渡す。おばさんは「うちは肉が大好きだ」と言う。大松茸の大きさと、焼き豚の大きさと丁度同じ位で、色も同じようなので、交換した感じだった。

仕事部屋と土間だけ掃除して、すぐ松茸めしを炊く。

昼（朝食兼ねる）　松茸めし（松茸半分を使う）、かき玉汁（みょうが入り）、まな鰹西京漬。

松茸は虫ひとつ喰っていなくて、硬くてしこしこしている。ただ、香りが少ない。それでも庖丁を入れたり、裂いたりすると香りがたってくる。おいしくて私は四膳食べる。四膳めの松茸めしを食べている私をつくづくと見て「牛魔大王、松茸めしを喰って嵐おさまる」と主人ふき出す。

片づけてから、ゆっくり昼寝をした。今日は暑かったのか、寝汗をびっしょりかいた。

夜　松茸フライ、黒パン、玉ねぎスープ、精進あげ（さつまいも、桜えび、ピーマン）。

テレビで。今日は東京は三十度を越したのでプロ野球の選手は苦しそうであった、といっていた。プロ野球の中継をみていたら、そういったのである。王は肋骨にヒビが入っているが、シーズンが済むまでは、休まずに出場するといって、ホームランを打っているそうである。ケガに強い選手と弱い選手とがいて、王は強いのだそうである。これも中継中にいっていたこと。私はプロ野球の選手の名前は長島と王しかしらないが、山にくると、NHKと教育テレビと山梨放送しかうつらないので、仕方なくプロ野球をぼんやり観ていることもあるのだ。

犬の足の傷あとに薬を塗ってやる。夕方から冷えこんできたので、セーターともんぺになる。

十月三十日（日）　快晴

今日も晴。窓の外にかけてある巣箱で、カサカサ何かしている音がして、それで眼が覚めた。四十雀《しじゆうから》が入っていたらしい。

陽がよくあたるので、家の中の掃除、くもの巣も払った。台所の戸棚の引出しも陽に干す。二時ごろ、テラスの床にオイルステインをかける。三分の二ほどかけたら陽が落ちてきたので明日にまわす。

今日のように陽がよくあたっていると、陽のあたっているところを往ったり来たりしているだけで、とてもうまいことをやっているような気分になる。

今日も雲のない夕焼となる。

テレビでは、今朝の冷えこみは十一月下旬か、十二月はじめの温度だといった。豆炭をだしておいて、夜、品川アンカをいれる。

米がすっかりなくなったので、明日は忘れず買出しに行くこと。

明日忘れずにすること。
◎米を買う。
◎ビールを買う。
◎寄宿舎あて、花子に誕生日の祝電を打つこと。
◎スタンドで不凍液を買うこと。
朝　ギョーザ十個ずつ、スープ。
昼　ふかしパン、まぐろオイル漬、サラダ。
夜　パン、チキンカツ、とろろ、もやし炒め、豆腐味噌汁。犬にもカツをやる。
主人が寝てから、一人でテレビをみている。源義経。近頃は追われる筋となってきたので面白い。今日などはとても可哀そうであった。静御前は可哀そうでない。のろのろとしていて、何一つ戦わないし、重いものも持たない。バカのようである。今日は忠信戦死の場であった。雪の中を義経と家来がとぼとぼと歩いて行くところが哀れであった。義経はきれいで、弁慶や家来はみんなホモのように義経が好きなのだ。今日は、おかゆも出てこず、ただ雪の中だけであった。いつも必ず、おかゆを食べるところがでてくる。しかし、義経も、まったく何にもしない人だなあ。ただただ家来に何でもかんでもしてもらっている。

書き忘れたこと一つ。

今朝、主人はりんどうを一本、濃い、まっさおの花が七輪もついているのを、胸のポケットに入れて庭を下りてきた。起きぬけに、ぼんやりと庭に出ていた私の前を、胸を反《そ》らせて、花をみせびらかすように通り過ぎる。「その花、うちの庭の？」ときくと、返事をしないで、胸を反らせて通り過ぎた。

十二月六日（火）　晴

前九時半、東京を出る。早く出るつもりが、私が寝坊したので遅れる（昨日、頸治しの先生のところに行って、背骨や頸骨のずれをはめてもらったので、全身綿のようになって眠りこけてしまった。追突で、私は頸と背骨と腰と三個所ずれていたそうだ。先生がいうには「このまんまにしておくと、やがて大ヒステリー女性となる」のだそうだ）。

昨夜のうちに、私のハタゴをワラ包のまま車の座席に積んで置いた。十二月一日にK先生に機《はた》織り展示会で会い、富士宮の機織りの先生を紹介して頂くよう頼んでおいたので、いよいよ、ハタゴを山小屋へ持ってゆけることになった。

そのほか積んだもの。ベーコン、ハム、ひき肉、大豆粉（豆乳をつくる素）、卵、生鮭、小松菜、みかん、キャベツ、大根、白菜、のり、おでん材料。

松田ランドで一休み。カニコロッケ、ライス付を二人とも食べる。今日は丁度ひるどきで四組ほど客があった。このまえ東京への帰りに寄ったときは、近くの飯場の人が、カレーライスとカキフライを注文していた。店の女の子が「カキフライにライスをつけますか」ときいたら、その人は、しばらく考えていて「ライスカレーについているから、そんなには食べられない」と答えていた。

今日はステレオの新品が店の隅に置かれていて、店の女の子は、それをいじっては、レコードをかけたがっている。私たちがステレオのそばのテーブルにつくと「奥さんたちに合うようなの、かけますか。好きそうなの、ありますよ」と言ってかけてくれた。石原裕次郎の「峠を越えて一人ゆく……」というような歌詞のレコードであった。その次には、顔の二倍ほど頭をふくらませて結った女の子がやってきて「恋心」というのをかけていった。

山中湖は、増水していた。

スタンドに寄り、白灯油五罐、届けてもらうように頼む。男衆は出払って閑散としている。おじさんは「ドラムかんで買うと、灯油かん十杯あるから経済的である」というが、ドラムかんの灯油を門から家までの庭の下り坂を運ぶことは到底出来ないし、主人も火の元が危ないというのでやめる。スバルラインゲート入口には立看板あり。「二合目より上へは凍結路面があって行けない」と書いてある。

ワラ包を解いて、ハタゴを二階へ上げて一休みしていると、Kさんが灯油を届けにくる。「休んでいったら」とすすめると、忙しいから、とすぐ引き返していった。

下の原に建ててあった水色の屋根の家には、人が住むことになったらしく、コンクリートで垣をしている。職人の車もとまっている。そこから焚火の煙が真直ぐに立ちのぼっている。

夜　ひき肉、ねぎ、青のりを入れたお好み焼、スープ、佃煮、煮豆のかんづめ。

夜、大きな星が一杯出る。アルプスの雪が見える。ねる前に、おでんを作っておく。

みかん一袋百五十円、カニコロッケ五百円。白灯油千六百五十円。

晩御飯のとき「この前、居たときに挿して置いた煖炉の上の籠の赤い実は、今日来ても、まだつやつやと赤いが、それをとった元の庭の同じ赤い実は、さっき庭を調べてきたら、すっかり落ちたか枯れたかして、色の赤いものは何もない。家の中は外より暖かくて水分もあるし、それでいつまでもつやつやと赤いのである」と、主人は述べた。仔細ありげな話しぶりだったので、どんな話なのかと、顔をじっと見て聞いていたら、終りの方は当り前の話であった。しかし、主人の話しぶりは科学者風であったので、私は口答えをしなかった。

昭和四十二年

五月二十八日　晴のちうすぐもり

四月十三日から五月七日まで、主人は中国に行った。その後は、その報告の講演会や原稿、テレビ、ラジオの仕事で今まで東京にいることとなってしまった。今年は富士桜もから松の芽立ちも見ないで過ぎた。昨日で一応かたづいたので、今朝六時出発。

昨夜、十一時過ぎ、講演をききに行ったという男（B社の田中だがね、と横柄に名乗ったがウソらしい）、酔っているらしい声で、ネチネチと、武田泰淳の人格について電話をかけてきた。講演から戻ってきて、ふとんにもぐりこんで眠りこけている主人を起すなんて、できない。押問答になり、その男は仕方なく私に逐一、武田泰淳の人格に対する自分のフンマンを述べた。フンマンを伺ってから、私はカーテンを閉め、窓もドアも閉め、二階の仕事部屋のドアも閉まっているかどうか覗いてから、充分にどなり返した。「タケダという男も実にバカモンでキチガイとしか思えないが、女房もそれに輪をかけたキチガイだ。亭主のバカを注意してやったんだから、ありがとうございます。以後は気をつけるように私からも申しておきます。申訳ございませんとでもいうかと思ったが、女房も亭主に劣らぬバカモンだ。喰ってかかるとは呆れた。小説家なんぞというもんは、世間じゃえらそうに通っているが、うちんなかは最低だね。非常識だね。呆れた夫婦だ。俺はもう何にもいわないよ。ヒステリーのバカモン」といって男は電話をきった。むらむらと腹のたつこと。今朝は早起きしての運転だから、さっぱりしようと思ったが、ときどき男の声を思いだして、むらむらとする。実にソンなことだ。怒るとくたびれるからソンだ。（以下略）

五月三十日（火）　快晴　風あり
今日も快晴。花子、私のふとんを干す。風呂場掃除。カーテン洗濯。

朝　ごはん、シューマイ、卵焼、大根おろし、きゅうりキャベツサラダ、味噌汁。

昼　パン、トマトスープ、オイルサーデン、キャベツ酢漬。

アリや蝿が多くなった。

ポコは足ばかり舐めているのでみると、足の裏にバラスの粒が入ってとれないのだった。

夜　ごはん、粕漬《かすづけ》鮭、とろろ汁、夏みかんゼリー。

主人、腹が空いたというので、陽があたっているうちに夜ごはんを食べてしまった。だから、ごはんのあとで長い散歩に出る。

夕方は、樹の匂いが濃くなる。鳥も一しきり鳴きだす。グチュグチュグチュという鳥がいる。黒い大きな鳥が、頭の上を、さーっと羽音をさせてかすめて行く。岩山の向い側の小高い一画は外国人が買った。H・シュピースと名札が立っている。

夜は寒くなってストーブを焚く。

夜、テレビで。

今日は山梨地方最高の暑さ。三十度となった、と。

午後、西の方が白く煙って、真夏のような景色だったのも道理である。

夜、ねる前にした主人と私の話。

主人「体の具合、大分よくなって、今日、木を伐ったら気持よかった」

主人「木を伐ると、虫のおつゆが洋服について、臭い。クサガメのように青臭い」

主人「虫のおつゆというのは、つば虫のようなやつ。つばみたいな泡の中に黒い虫がいて、そのつばきみたいなのが垂れて洋服に付く」

私「テラスにいても、山りんごの樹から、つば虫のつばが垂れて髪の毛に付くことがある。すると、ずっと頭が青臭いの。洗うまで」

私「私の身内のおじさんが若いとき結婚してすぐ離婚したいといったの。皆がどうしてだどうしてだ、わけを言え、といっても、どうしても言わないで、ただ別れたい別れたいといってるんだって。私の父親が、誰にも言わないから、わけを言え。そうしたら、俺が仲だちして別れ話をつけてやるから、と言ったら『あの女は青虫の匂いがする』と言ったんだって。すぐ私の父さんは、別れ話をつけてやったんだって。私が小さいとき、父親が酔払って、そんな話をしたの。小さいときって、へんなことよく覚えているね」

七月二日（日）雨

一昨昨日の夕方、背骨にねじれたような痛みがきた。そこを揉んでいたら、なお痛みが増し、次の日名倉堂に行き診てもらった。ねじれてずれているからといって、けん引をし、湿布をした。夜ねてから、ますます痛く、息も三分の一位しか吸えない。仰向けにねても、左下にしてねても、右下にしてねても痛くて眠れない。あまり痛いので、眠れないことはまるで気にならず、明方となりとうとう一時間ほどとろとした。起きても痛みはとれていない。N先生のところに、夜、治療に行く。治療が終っても、しばらくは痛みが変らないので、先生の顔をみたままでいると「大丈夫、治してある」とおっしゃるので、帰りはバス停まで歩いて、バスに乗って帰った。夜ねるころ、痛みは薄らいできた。嬉しかった。安眠した。二日の朝は普通に起きられる。痛みは残っているが、治ってゆく途中の痛みのように感じられるので、午後から山へくることとなる。N先生は「汗をかいたまま、または湯上りで、扇風機にあたり、そのまま寝入ってしまうと、こういうことになる。お相撲さんのような人でも、痛くて大騒ぎしてやってくることがある。赤ん坊や子供などは、一晩扇風機をかけてねたら死んでしまうよ」とおっしゃった。扇風機をかけたまま、体をひねったような恰好で長椅子でうたたねをしたのだ。四日ばかり前の晩。

午前中、体の様子をみていたが大丈夫そうなので「治った!!」と主人に言うと、実に嬉しそうな顔をして「山に行ったら百合子は昼寝ばかりしていれば? 電話もならないし。それから夜も早くねればいいんだ。大体百合子はテレビを遅くまで見すぎるんだ。そうだよ。つまらないテレビをわざわざ見て『バカ、引っ込め』なんていうもんじゃないぞ。テレビの方じゃ感じてやしないんだから。すべてムダというもんだ。テレビの見すぎもあるぞ、こんどの奇病は。百合子は丈夫な人なんだから病気になるはずがない」と、つねづね苦々しく思っていたらしいことを言った。山に行けることになって嬉しいのだ。食料買出しに行き積み込む。

食料。うどん、うなぎの蒲焼の残り、たれ、大根、キャベツ、ねぎ、いんげん、夏みかん、プリンスメロン、さつまあげ、めかじき、お赤飯、ロースハム、羊かん。

東洋文庫二十冊ほど。

二十八日に新車に替えて、はじめての遠出である。三時赤坂を出る。

いつもやすむ松田の食堂より手前に新しく出来た「大箱根」というドライブインに入って昼食。雨が激しくなる。丁度《ちょうど》、観光バス二台が発車するところで、土産ものを買ったり、便所に入ったりしたおばさんたちが、あたふたと乗りこんでいる。おばさんたちは、大ていグレイ、茶、モスグリーンなどのスーツを着ている。「大箱根」は、松田の食堂よりはるかに広く、一大銭湯のようなところだ。あんちゃん風の連中が、ラーメンを食べている。こういう組がいく組か、みんなラーメンを食べていて、あとは便所をつかいに入ったり出たりしている。ここの女便所は、濃いピンク色のドアで、広々としている。男便所も広々としているらしい。男便所は水が出放しになっていて気持がいいそうである。

私　チキンライス百五十円。

主人　かつ丼二百円。まあまあの味。

新しい車は、ギアーがかっきり入って、きりりとしている。籠坂峠は霧。新車は滑るようなスピードで上りきる。山中湖には人がいない。雨だけ。吉田の町の人家の垣根にピンク色のバラが溢れるように乱れて咲いている。

七時着、山は一層雨激し。

庭には夏草が茂り、野バラは散りかけている。あざみは咲きはじめらしく蕾《つぼみ》が沢山ある。雨なのでバラの匂いはしない。月見草が丈高くなった。ギボシが蕾をのばしている。

夜　お赤飯、めざし干物、漬物、すまし汁。

夜も雨やまず。

テレビで。今年の河口湖はから梅雨で、このままゆけば真夏には水ききんの心配があったから、この雨は慈雨だという。

吉田の町の信号の角の八百屋兼パン屋兼文房具屋に西瓜《すいか》が沢山あった。

七月十八日（火）　快晴、夕方少し雨、雷鳴

ポコ死ぬ。六歳。庭に埋める。

もう、怖いことも、苦しいことも、水を飲みたいことも、叱られることもない。魂が空へ昇るということが、もし本当なら、早く昇って楽におなり。

前十一時半東京を出る。とても暑かった。大箱根に車をとめて一休みする。ポコは死んでいた。空が真青で。冷たい牛乳二本私飲む。主人一本。すぐ車に乗って山の家へ。涙が出っ放しだ。前がよく見えなかった。

ポコを埋めてから、大岡さんへ本を届けに行く。さっき犬が死んだと言うと、奥様は御自分のハタゴを貸して下さった（七月十九日に書く）。

七月二十日（木）　晴、昼ごろ俄《にわ》か雨

朝　かに、卵、グリンピースの焼飯、スープ。主人が作ってくれた。私の分も。

車を拭く。トランクも開けて中を拭く。実に心が苦しい。

いつもより暑かったのだ。一時間ごとにトランクから出してやる休み時間までが待てな

かったのだ。ポコは籠の蓋を頭で押しあけて首を出した。車が揺れるたびに、無理に押しあけられた蓋はバネのようにポコの首を絞めつけた。ひっこめることが出来なかったんだねえ。小さな犬だからすぐ死んだんだ。薄赤い舌をほんのちょっと出して。水を一杯湛《たた》えたような黒いビー玉のような眼をあけたまま。よだれも流していない。不思議そうにものを視《み》つめて首を傾げるときの顔つきをしていた。トランクを開けて犬をみたとき、私の頭の上の空が真青で。私はずっと忘れないだろうなあ。犬が死んでいるのをみつけたとき、空が真青で。

埋める穴は主人が掘ってくれた。とうちゃんが、あんなに早く、あんなに深い穴を掘った。穴のそばにぺったり坐って私は犬を抱いて、げえっというほど大声で泣いた。泣けるだけ永く泣いた。それからタオルにくるんで、それから犬がいつもねていた毛布にくるんで、穴の底に入れようとしたら「止せ。なかなか腐らないぞ。じかに入れてやれ」と主人は言った。だからポコをじかに穴の中に入れてやった。ふさふさした首のまわりの毛や、ビー玉の眼の上に土をかけて、それから、どんどん土をかけて、かたく踏んでやったのだ。

昨日、大岡夫人は「庭に犬を埋めると、よほど土を盛らないと、ずんと下りますよ」とおっしゃった。早くずんと下って、もう一ぺん土を盛るときがくればいい。

昼　おじや、コンビーフ、白菜朝鮮漬風、トマトと玉ねぎサラダ。

陽がかっと射してきて鳥が啼きだす。どこもかしこも戸を開け放つ。犬がいなくなった庭はしいんとして、限りもなく静かだ。

ハタ織り少しする。

管理所に新聞と牛乳を頼みに行く。牛乳は二本ずつ明日から。新聞は（朝日と山梨日日）明後日から。

ハイライト一個買う。七十円。

歩いてきたので、大岡家の前を下り、村有林の道を歩いて戻る。林の日陰にこしかけて、ハイライト二本吸う。死んだのがかなしいのではない。いないのが淋しいのだ。そうじゃない。いないのが淋しいのじゃなく、むごい仕打で死なせたのが哀れなのだ。私はポコをいつも叱っていたが、ポコは私を叱ったり意地悪したりしなかった。朝起きた私にあうと、何年もあわなかった人のようになつかしがって迎えた。昼寝から覚めたときだってそうだった。いやだねえ。

夜　ごはん（ハヤシライス）、枝豆ゆでたの、トマト、紅茶。

夜八時、花子へ電話をかけに管理所へ。花子は二十四日にバスで河口湖駅までくる予定。それまでは学校の班会があるので赤坂で自炊しているというので、やらせてみることにする。銭湯にも行っているし、食事もうまく作っているよし。私は犬が死んだことをいいださなかった。

今夜は月夜。満月に近い。富士山は晴れて、五合目まで灯りがついた。六合目にも灯りが動いている。去年と同じ夏がきた。子供の声が聞える。

七月二十一日（金）　晴、雲あり一時、雨

眼が覚める。庭のバラスを踏んで主人が散歩に出て行く足音がする。この間までは、ついてゆく犬のハアハアいう息の音が、それにまつわって聞えていた。私はもう一度ふとんをかぶって泣いて、それから起きる。

朝　ごはん、佃煮、コンビーフ、大根味噌汁、のり。

昼　パン、ビーフスープ、紅茶、トマト。

去年の古い雑誌や紙片焼く。

あざみの花粉が粉っぽくなってきた。金茶色の蝶のほかに、紫色に光る黒い大あげ羽がきて、いつまでもいつまでも羽をふるわせてとまっている。テラスの前のあざみにも、裏の草むらのあざみにも、大あげ羽がきている。ヤマオダマキには蜜蜂が、らっぱ状の花の中から出たり入ったりしている。

何をみていても涙が出てくる。今日もとまらない。

陽がかげってから牛乳をとりに行く。管理所にきて憩《やす》んでいる工事の男女が〈三、四日前石の仕事で外にいたとき、風の具合で女の泣声がずい分と永い間聞えてきて怖かった〉と話し合っているそばを急いで通りすぎる。

何軒もの家の前に車がとまって、笑声がしている。風呂場で笑っているらしく、水をかぶる音と一緒に笑声がしている家もある。

夜　ごはん（のりまきをした）、さば味噌煮の罐詰《かんづめ》、煮豆、トマト。

犬が死んだから泣くのを、それを我慢しないこと。涙だけ出してしまうこと。口をあけたまま、はあはあと出してしまうこと。

七月二十四日（月）　快晴後くもり

朝　トースト、ベーコンエッグ、紅茶。

「ポコが死んだこと、花子に言わなくちゃ。あれは、もともとは花子の犬だったんだから。寄宿舎に入ったから私たちが預っていたわけなんだから。此の間電話したときには言い出せなかったけど、今日やってくれば隠しておくわけにはいかないね」。朝食のとき、私は言った。

「隠しておくなんて、そんなことは駄目だぞ。どんな風にして死んだかもちゃんと言ってやらないと花子に失礼だぞ」

「なかなか、言いにくいねえ。とうちゃん、言う？」

「俺はイヤだよ。絶対イヤだからな。ここへ連れてくる前にだな、話しといてくれよ」。椅子を荒くひいて立上り、仕事部屋へ入って襖を閉めてしまった。鼻をかんでいる。泣虫でずるいんだ。

「展望」の原稿が書き上るまで昼飯をのばし、二時半に昼食。

列車便を出しがてら花子を迎えに下る。列車便を出した旨、連絡の電話を入れる。社にも、印刷所にもかけたが、編輯部《へんしゆうぶ》の人は不在。仕方なく郵便局まで行き、電報をうつ。

酒屋で。罐ビール千九百二十円、手打うどん玉八玉八十円、茄子一袋五十円、寒天二本五十円、煮豆三十円、卵六個七十二円、クリープ二百円、酢イカ五十円、納豆二個三十円、レモン三十円、水蜜五個百五十円。

金物店にて。セキスイタライ五百円、ポリバケツ二百八十円、蓋付ポリバケツ二百円、糸鋸《いとのこ》五十円、ドライバー八十五円、ざる六十五円、ところ天つき（この辺では「てん突き」という）百七十円。

四時半、駅にきて待つ。五十分ごろ、時間通りに新宿河口湖間定期バス（富士急）が着く。訊くと、「京王さんはもう着いているはずだ」という。そのバスの車掌は着くとすぐ降りて、「薬、薬」と案内所に駈けこみ、ポリ袋を持ってきて乗客に分けていた。気持のわるくなった人が沢山出たらしい。五時十分ごろ、京王バス着き、男の車掌が降り、次に花子一人だけ、鞄を持って出てくる。隣りに外務省につとめている男の人が乗り合せて「これからの中国と日本のことを話してくれたの。いろんなこと話してくれた」と言う。

花子は機嫌がいい。私は犬の話はしない。車に乗って山へ帰る。でも家へ着く前に犬の話をしなくてはいけない。できるだけ、ゆっくり走る。

ゴルフ場の前の平らな道で、丁度富士山が真正面に見えるところあたりで「ポコが死んだよ」と言う。花子は「そう」と言ったきりだ。下を向いている。どんな風に死んだかを短く話す。「判った」と花子が言った。話してしまうと、ポコの葬式をしてしまったような落ち着いた気持になった。

夜　ハンバーグステーキ、ごはん、いかときゅうり三杯酢、豆腐味噌汁、水蜜桃。

花子にハタオリを教える。花子、手提鞄の布を織りたいと言う。

夜はしとしとと雨が降り出す。筑摩書房から「ゲンコウハイジュ」の電報。去年も配達してくれた山男のような人が雨の中を来る。

今朝、タチフウロ咲く。

七月二十六日（水）　快晴

今日は風がある。富士山は雲の中に入った。

朝　トースト、チーズ、ベーコンエッグ、紅茶。焼飯（主人だけ）。主人焼飯のあと、パンも二枚食べた。

昼　釜あげうどん。

二時前、本栖湖へ泳ぎに行く。風が吹き小波《さざなみ》が一面にたち、誰も泳いでいない。去年と同じ入江に行って泳ぐ。三十分近く泳ぐ。遠くをボートが一隻いったりきたりしていて、そのうちに女の赤い帽子が風でとばされた。水に浮いているのがなかなかとれないでいるうちに、赤い帽子はみえなくなる。いい気味。

鳴沢村農協の前に車をとめ、花子に卵六つ買いに行かせる。花子戻ってくる。三つしか入っていない。もう一度行かせる。六つを三つと農協の人がききまちがえたのだ。花子、水から上ったばかりでぼんやりした顔をしている。卵六個七十円。

床屋の前の店で、ぶどう四百グラム百円、がんもどき三枚買う。農婦、石の工事場から買いにきたらしく、牛乳、白三本、レモン色五本、コーヒー色三本など、色とりどりに買い、レモンパン、ジャムパンも買い、抱えて帰って行く。私の車につづいて小型トラックがとまり、若い農夫入ってくる。助手席に一歳位の赤ん坊を抱いたおかみさんがいる。二人とも仕事着を着ている。西瓜をあれこれと選んで、一番大きいのを一つ買い、ジャムパンを二つ買った。二人はすぐ食べた。

今日もながい夕焼。

夜 カレーライス。

花子とあん入り揚げまんじゅうを作る。一つずつ大きさがちがってしまった。

ポコのお墓の真上に、いつもうすい星と濃い星が出る。あいつはもう、どんなになっただろうか、少し腐っただろうか、と思う。涙もそんなに出なくなった。もう一度、犬を飼おうか、と思ったり、生きものはもう飼わないで暮そう、と思ったりする。

八月十日（木）　晴

コンクリート工事、今日は若い衆二人と親方。昼の休み時間に、外川さんが重箱に一杯、手打そばを持ってきてくれる。

NHKの大友さん、大岡さんの録音のついでに寄る。手打そばを出す。一時間ほどで帰る。

夜　手打そば。

種なしぶどうが出はじめて、毎日ぶどうを食べている。食卓に置き放しのぶどうに蜂がきて、穴をあけてもぐりこみ、汁を吸っている。ときどきどこかへとび去っては、またくる。ジャムの蓋を開けておくと、蓋についてるジャムにきてとまっている。蜂蜜の蓋をとったら大喜びだ。最も即席で楽なんだな。嬉々としてとまっている蜂が気の毒で「それはもとはといえばお前が作ったものだよ」と教えたい。この蜂は昨日のと同じかしら。赤マジックで体に印をつけてみたら、ぶどうにとりついていたのも、ジャムのも、蜂蜜にくるのも、全部、この赤い印のついた一匹の蜂だった。ほかの蜂はとんできても絶対一緒にたからない。怖るべき大食の蜂である。この私の研究発見の結果を、主人に発表したら「百合子にそっくりだな」と言った。

八月二十日（日）　くもり　夜に雨

朝　ホットケーキ、トマトと玉ねぎスープ。

八時半、花子たちを迎えに行く。ドアを開けると、二人は並んで脚を投げだし、同じ恰好で、昨日買った石を布で磨いていた。

今日は本栖へ泳ぎに行く。昼食用の、のりまきを作る間、ワカサギを掬《すく》う網を二人は作る。

出がけにパンクしたので遅くなり、一時過ぎ、二人を連れて本栖へ。雨が降ってきたので三時まで晴れるのを待ち、泳ぐ。

管理所にて。パン四十円、チョコレート百円、転送料三百六十円、いんげん三十円。

夜　ごはん、とりフライ、サラダ、いんげんバター炒め、さつまいもから揚げ。

夜九時、宿へ二人を送る。雨。

帰り、ゴルフ場の林の道で、山兎が灯りに驚いて草むらからとび出た。林の中に逃げこまないで、道を真直ぐに走り続ける。車の前を走り続ける。一生けん命走るので気の毒になり、速度を落して、あとからついてゆく。車灯に照らされた兎は、白いお尻をつきたてて、黒茶色の毛をした、まだ若い兎だ。ときどき立止って振り返ったり、お尻を立てた後姿のままで待ったりする。車をとめると、不思議そうに振り返って待っている。しばらくそんなことをくり返してから、やがて左のくさむらにとびこんだ。入ったあたりで車をとめると、くさむらの中で、じっと、こっちを視ているような気配だった。私は急に涙がこみあげて「長生きをおし」と、くさむらの中の兎に、眼で言った。

八月二十一日（月）　雨

台風十八号が近づいている由。

九時、宿へ花子たちを迎えに。会計を済ませる。全額四千七百円。中学生割引だそうだ。門に大岡さんの車がある。奥様が庭を戻ってこられたところ。「今、お魚を置いてきました」。

黒鯛一尾、イナダ三尾、イセエビ一尾。頂いた。

黒鯛はカラアゲにする。イナダは煮る。イセエビを茹でる。順繰りに食べることにする。たのしみ!!

花子たちをのせバスの時間に合わせて下る。花子の友人は土産物店で、お母さんへのおみやげの絵葉書と財布を買った。新宿西口行二時四十五分発のバスに乗り込ませて、見送る。

ゲートにて。回数券二千円。

ゴルフ場までの道の両側のススキはえんじ色の穂をすっかり出した。

夜　黒鯛カラアゲ甘酢あんかけ、焼き茄子、ごはん。

主人満腹。満足して、はやばやと眠る。

八時ごろ、花子の友達が無事に帰宅したか、東京へ電話するため出かける。管理所は灯りが消え、入口が開かない。

先日届いた浅山先生の葉書では、二十一日の午後Sランドに到着予定となっている。明朝行ってみることにしていたが、出たついでに電話を借りがてらSランドまで下ってみる。Sランドのフロントで東京へ電話をすると「迎えに出かけて、まだ戻ってこない」と留守番の人が言う。一寸《ちよつと》気がかりなので、三十分後に、また電話してみることにする。待っている間に「今日、京都から女の客が着いたはずだが」と訊ねると、午後にお入りになったと言う。四階の一号室を訪ねて浅山先生と話しているうち、十時半過ぎる。ノックして、フロントの男「今、武田さんにお客様がきている」と告げにくる。一体、誰がきたのだろうと降りてゆくと、主人、蒼い顔をして佇《た》っている。垂らした両手を握りしめている。花子、そのそばに、ぼーっとして随《つ》いている。外に出ると煌々《こうこう》とライトをつけ放しにしたジープがとまっていて、管理所の人が大型懐中電灯を持って二人いる。主人、体を震わせていて一言も言わない。ジープのあとをついて車を出して帰る。主人、車の中で「黙っていなくなる。それが百合子の悪い癖だ。黙ってどこかへ行くな」。怒気を含んで低く言う。まだ怒り足運転しながら「ごめんなさい。これからは黙っていなくなりません」と言う。まだ怒り足りなくて震えている。「とうちゃんに買ってもらった腕時計もちゃんとします」。常に叱られていることも思い出して加える。「そうだよ。百合子は夜でも昼間と思ってふらふら出かける。時間の観念が全くゼロだ。今にとんでもない目に遭うぞ」「はい」。

ゴルフ場の林の道で、霧除けの黄色い灯りをつけてくる車が、すれちがうところで停った。大岡夫人が運転して大岡さんが乗っている。探しにきたよとのこと。ひたすら謝る。「どっかで酒でも飲んでるんじゃねえか、心配することはねえと俺は思ってたんだ。しかし武田が蒼くなってやってきたからなあ。ひょっとして死んでたら、大岡はあのとき探しにも出なかったと、後々《あとあと》まで恨まれるからなあ。車を出したよ。あんまり心配させるなよ」。ひたすら謝る。

霧が深くて、道が雨で濡れていて、滑って走りにくい夜であった。

八月二十三日（水）　雨、風

台風十八号、今朝山梨を通過の予報だったが、衰えて風雨となって通る。

朝　ごはん（肉の揚げたのをカツ丼風にする）、わかめ味噌汁、トマト。

管理所で。みりん、パン四十円、卵十個百五十円。

管理所は台風がくるというので戸をぴったり閉めきっている。関井さんが雨の中で一人で道を直している。水はけをよくしているらしい。

十時半、Sランドへ。浅山先生を乗せて、富士三合目から大沢崩れまで行く。霧で殆ど何も見えない。霧のきれめから、ときたま急に鮮かな緑が現われ、すぐかき消える。観光バスは濃霧のため、ノロノロと下って行く。

三時、家に着く。皆で食事。

昼　トースト、かに玉、紅茶。

一寸、雨が止んだとき、浅山先生は庭の道を全部上り下りして見物。

五時、Sランドへ送る。

夜　ごはん、キスの干物、佃煮、あんかけ豆腐、煮豆。

雨止んで風だけとなり、空が晴れてくる。

バラ色の夕焼をみる。

夜は花子の手提ミシン掛け。

便所の壁に小さいアオガエル一匹はりついて、蚊をねらっている。蛾がはばたくと、ないような首を出来るだけそっちの方へのばして、タネのような黒目でじっとみている。

八月二十五日（金）　晴のち俄か雨

朝　ごはん、コンビーフキャベツ、納豆、のり、じゃがいも味噌汁。

午前中の陽射しつよく、ペンキ塗り、手すりを終える。

昼　トースト、ベーコンエッグ、花子はラーメン。

管理所にいると、急に豪雨。一時間ばかり閉じこめられて、ぼんやりと雨など見ている。帰り、坂の上バス停から坂下にかけて、新しく土を入れた道がぬかり、もう通行止めになっている。

三時半、管理所に電話あり。白土さん〔日中文化交流協会、白土吾夫《のりお》氏〕が二十九日に来られるとのこと。

夜　ギョーザ、にらを入れたギョーザ、おいしい。追加を作って食べる。

七時ごろ、管理所より人きて「朝日新聞より〈明朝十時半に電話をいれる〉といってきた」とのこと。

便所のアオガエル、まだ同じところにいる。

八月二十七日（日）　くもり後快晴

朝　ごはん（昨日、縁日で買ったお赤飯《こわ》をふかす）、のり、うに、卵焼、大根おろし。

午前中、雨がきそうな気配であったので、セメントの職人、心配しながら最後の仕上げにかかる。張り出した床にくもの巣状にメジを入れるらしい。仕上げをする人は親方でなく、若い職人だが年季の入った人らしい。河出書房の寺田さんによく似ている。

お昼に、やきとりとぶどうを出す。

テラスで主人の頭を刈る。十年も刈っているのに、刈るたんびにちがった恰好に出来上る。バカに早く刈り終ってしまうときと、いつまで経っても出来上らないときとある。今日は早く刈り終った方だが、髪型としては失敗。天皇陛下に似てしまった。

昼　ごはん、いわし大和煮、焼き茄子。

午後、西の空青くなり、陽が射しはじめ、やがて快晴。じりじりと暑くなる。

本栖湖へ。三時から四時まで泳ぐ。昨日の雨で、水はふだんより冷たいが、肌になじむ、とろりとした表面張力がある。日曜なのに泳いでいる人は三、四人だ。熔岩台地の入江に行くと、一と夏の人出が残していった紙屑や空罐で汚ない。入江の水だけが無関係に澄んでいる。菫色《すみれいろ》の絹ビロードのような水をわけて入江を出、音をたてないように湖水の中心へ泳いでゆくとき、この間仕入れた新知識が納得いった——明るいから見えないだけで、本当は昼間も月や星は出ている。

この夏、泳いだ日のうちで、水の具合、風の具合、最もよかった。

便所のアオガエル、昨日よりいなくなる。

九月五日（火）　くもり時々雨

昨日、遅くまで来客。十一時に東京を出る。出るときは薄陽がさし、むし暑かったが、厚木あたりからくもり、時々雨が降る。大箱根で一休み。

おでん一皿百円（百合子）、罐ビール百円、カレーライス百六十円（主人）、牛乳三十円、ソフトクリーム六十円。

山中湖のスタンドでガソリンを入れる。ガソリン代千三百二十円。

管理所に夏の残りの郵便をとりに行く。薄《すすき》の穂は、ぱらりとひらききった。月見草は小さい花となって、種子のさやは茶がかってきた。

夜は小雨。夏の間は花子がどこかしらにいた。一人になると時間はゆっくりと経つ。犬がいないのにも馴れた。

犬を埋め終ってすぐ、泥だらけのまま、「これからすぐ東京に行ってくる。ポコとそっくり同じの犬を買って、すぐ帰ってくる」と私が言うと「そういうことをするんじゃない。あとでいやな思いをするぞ」と主人は言ったっけ。

九月七日（木）　くもり時々雨
朝　ごはん、大根といんげん味噌汁、鮭オイル漬、玉ねぎとわかめサラダ。

昼　ふかしパン、バター、ジャム、枝豆、スープ。

今日も隣りの工事は休み。静かだ。

霧が湧いて流れ、薄くなるとまた湧いて、何も見えなくなる。時々小雨。

村民税を納めに役場へ下るついでに買出し。大岡さんに寄り、大岡さんの村民税も預る。

鳴沢を下る。車に一台もあわない。やまどりが四、五羽道を歩いていて、車に驚いて草むらへ入る。今年生れた子なのか、頭も小さく体も痩せている。まだ怖いことを知らないらしく逃げるのも遅い。道をへだてた右の林から、大きなやまどりがとんできて、子の入った草むらへ下りていった。

役場へ行くと「まだ山にいるのかね」と収納係は不思議そうに訊いた。

吉田の町は木曜日が定休日で人通りが少ない。ムサシノ館は「*座頭市凶状旅」というのをやっている。スチール写真をよく見てきた。

金物店で。シュロ小箒百五十円。

化粧品屋で。洗顔クリーム九百円、クリーム四百五十円。

薬屋にて。*ワカマツ二百五十円、脱脂綿二百四十円、ライポン九十五円。

魚屋にて。さけ切身百五十円、さんま三十五円。

八百屋。煮豆一袋百円、みょうが四十円、きゅうり二本三十円、大根一本四十五円、ぶどう巨峰二百四十円（二房）。

河口の肉屋で。豚ひき三百グラム二百四十円、ベーコン百円、豚上肉二百グラム百八十円。

ゲートにて回数券二枚四千円。

主人は、この間から「大岡に何かやりたい。うちは貰ってばかりいるぞ」と言っていた。

今朝も「大岡に何か御礼しなくちゃ。ずい分貰ってるぞ。海老だの鯛だの」。

「今度うちで買った、車に備えつけて置く、赤い電気もついて、うんと遠くまで照らして合図できる携帯灯。あれのこと、うちでもこんなの買わなくちゃって、奥様おっしゃってたから、あれ買ってこようか」

「そんなもの駄目だ。もっと始終使って重宝なものがいい。俺は前から一つ考えてある。ゲートの回数券だ。これならいいぞ」

「そうかしら。あたしは駄目だと思う。懐中電灯がいいと思うけど。回数券は重宝で必ず使うものだけど。何だか、お金と同じみたいだよ」

「そんなことはない。喜ぶぞ。今日下りたら、買ってこいよ」

だから、うちの分と二枚買った。

大岡さんへ村民税の領収書と回数券を持って伺う。玄関で、奥様にお渡ししていると、大岡さんが出てきて、回数券を見て「怒るぞ」とおっしゃった。私はすぐポケットに回数券をしまってしまった。やっぱり懐中電灯の方がよかったのだ。

夜　湯豆腐（ベーコンを入れる）。

下の町はむし暑いが、山へ帰ってくると、セーターだ。素足が寒い。

鳴沢道を下りきったところにある天理教の家のまわりは、いま、コスモスの群生の真盛りである。ぼたん色、うす桃色、白の花が、一面に咲いていて、夏の生き残りの蝶々が、ここに集ってきて群《むらが》り舞っている。不思議な、白昼夢のような一劃《いっかく》である。毎年、いまごろ、そう思っていつも通る。

＊八六ページ。正しくは「座頭市兇状旅」。（編集部注）

＊八六ページ。正しくは「ワカ末」。（編集部注）

九月八日（金）　時々晴、くもり

朝　ごはん、さんま、煮豆、大根おろし。

昼　トースト、オムレツ、マッシュルームスープ、ぶどう。

夜　おにぎり（鮭、かつぶし入り）、すまし汁（かまぼこ、みょうが入り）。

午後、勝手口のドアに白ペンキを塗る。

夜、大岡さんみえる。あとから奥様迎えに来られる。八時半頃帰られる。その頃は雨に似た霧だったが、十時頃から雨となる。

便所のアオガエル、いた。

十月二十五日（水）　くもり時々霧雨

朝　おでん、茶飯。

昼　パン、スープ、ハンバーグ。

夜　いり卵と海苔の御飯、鯉のから揚げを煮たもの。

今日は焚火をしただけ。一日中、外に出ないでハタを織っていた。明朝早く帰るので、八時ごろ車のエンジンの調子をみに行く。門に佇《た》っていると、小さい小さい灯りと人影のように動くもの、こちらに向って近づいてくる。懐中電灯で照らしたら、いつのまにか散歩に出ていた主人だった。何故だろう。しばらく会わなかった人のように、なつかしかった。

十一月二十六日（日）　晴

昨夜、主人が「日曜だから混むぞ。五時に出るぞ」と言っていたのに、私が寝坊して六時半に出発となる。主人苛《いら》だつ。私は何も食べないで、水一杯も飲まないで車を出す。二、三日の予定なので、有り合せの食料を積む。おでん材料、鯛のから揚げ、大根、里芋、卵、パン、じゃがいもなど。

厚木まわりは、大月まわりより事故が少ないのだが、今日は三度見た。最も大きかったのは、山北トンネル手前のカーブでの四重衝突。土を満載した大トラックが、赤い乗用車を崖におしつめてすり潰した恰好になっている。あとの二台はその前後に凹《へこ》んで停っている。すり潰された赤い車のクラクションはなりっ放しになっているが、大トラックがのしかかっているので、クラクションをとめることも出来ない。

野鳥園前で、そば二杯。スケートにきた中学生の男の子が四人食べていた。

スタンドに寄り、不凍液四リットル（これは水洗便所用に買った）、ガソリンを入れる。ガソリンと不凍液で二千六百円。おでんを御馳走になる。新しい型のストーブを売り込みにきた人が、据えつけて試験中だった。今日はSランドスケート場の初日で、タダで滑れるそうである。アドバルーンも揚がっている。

昼　ごはん、さんま味付煮、わかめとじゃがいも味噌汁、玉ねぎのバター炒め。

陽はよく射しているが、風は冷たい。鳥の水のみ場の水は凍りついている。庭で色のついているものといったら、赤い実ばかりとなった。

夜　ごはん、鯛のから揚げ中華風（上にかけるあんは、酢と砂糖をやめて、にんにくを入れた醤油味だけにしてみる。具は、じゃがいもの拍子木と長ねぎだけ）。これが、びっくりするほどおいしいのだから。

主人の上掛け毛布はトラの模様の厚いのに替える。今夜から便所にストーブ入れる。いよいよ冬。スタンドのおじさんは「今年は富士山の雪がいつもより早かったで、もう今年のうちは雪はこねえ」と言うが。

テレビで。山梨県では消防の体質改善をすることに乗りだした、といっていた。外川さんは改善されてしまうのだろうか。

昭和四十三年

一月六日

背骨の痛みは夜の間に左の脚にまでやってきた。朝起きようと思ったら、左の脚がふにゃふにゃする。車に積む荷物は花子に運ばせる。車に乗ってしまいさえすれば、体を動かさずに東京まで行ける。東京まで行きさえすれば、と左脚をひきずって、運転台にやっと乗りこんでみると、左の脚が自分の思い通りに動かせない。クラッチの上に足をのせようとすると、腰から背中に激痛が走る。背中にクッションをかったり、左足に厚い靴下をはかせてみたりして運転を続ける。主人、怖しいものをみるような眼付をする。「大丈夫。歩くよりも運転の方が楽だから。東京までゆけるよ」と言うと、黙って罐ビールを両手で持って、隣りに坐っている。「罐ビール飲めば?」といったら飲みだした。籠坂峠も無事に越え、御殿場の交叉点の手前の空地に車を入れて休む。左脚はまるで麻痺してしまってだらりとしている。私の脚かしらん。他人の脚か義足みたいだ。ここから先はトラックの往来も激しいし、東京の混雑の中へ入って行くので、もう一度、背中のクッションや坐り方など、あれこれと工夫してみる。ついにうまいことを考え出した。左膝に近いももに手拭を巻いてしばる。クラッチを切るときには、その手拭をつかんで左脚をひっぱりあげ、クラッチの上に足底をのせる。用が終ると手拭をつかんで左脚をひっぱりあげ、クラッチの上から床に戻す。操り人形のようにすればいいのだ。二、三度クラッチを切ってみて具合がいいので「今度はもっと大丈夫だからね」と、一言も声を出さないで息だけして私をみている二人に向って言うと、矢張り黙っていたが、少し安心したようだった。赤坂のアパートへ着くなり、主人と花子は、孫悟空の如く階段を上り下りして荷物を運んだ。私は花子に靴下を脱がせてもらったり(背中も腰も曲げられないのだ)、主人に鰻重をおごってもらったり、頭などさすってもらったりして、三蔵法師の如く、とり澄ましていた。

次の日(今、これを書いている今日)、I先生のところへ行く。すぐ治った。往きはタクシーに乗って行った。乗り降りもやっとだったが、帰りはバスで帰ってきた。

今度の痛みと左脚のマヒには驚いた。あんな痛さは生れてはじめて。左脚がぶらんとなったのも生れてはじめて。こんなへンな風になって車が運転できるものかな、どの辺まで運転できるかな、と妙な好奇心にかられて、とうとう東京まで運転してしまった。

三月二十九日（金）　くもり時々晴

朝　煮込みうどん（豚肉、あぶらげ、ねぎ）。もっと食べたい人は、トースト、ベーコンエッグ、紅茶。

十一時半、今日は朝霧高原へ。

酒屋に寄り、コカコーラ六本、グレープジュース六本六百円、夏みかん六個三百円。

晴れてきたので、地図をみながら歩いている青年男女を幾度か見かける。静岡県側に入ると陽がかげって来る。

うづら亭は「ドライブイン富士美」と改名。モデルの女の子二人をつれた撮影会の連中が、二十人ばかり昼食をとって休んでいる。ジュークボックスやゲームの機械がある。キジや狐の剝製も飾ってある。経営者が代ったらしい。

うずらそば（克ちゃん、花子）二百四十円、たぬきそば（主人、私）二百四十円、味噌おでん三皿百五十円。

キジを飼っている小舎を見に行く。オスが四羽、メスが一羽、七面鳥二羽、ニワトリ一羽。花子が細長い小舎の前を往復して歩くと、一羽のオスキジは、網の向うでついて歩く。ひき返すと、ひき返してついて来る。駈けると前へつんのめりそうになって駈ける。間に合わなくなるとバタバタとはばたいてとび、また駈ける。一羽しかいないニワトリは意地悪で、このお調子者のキジと餌の奪い合いの喧嘩ばかりしている。ニワトリが脅かすとキジはとびすさる。仲のよい、もう一羽のオスキジが応援にきてニワトリを脅かす。ニワトリはこのオスにはかなわないらしい。二羽の七面鳥は地べたに妙な恰好で坐りこんでいる。片方が片方の眼のまわりを、坐りこんだまま、つついてやっている。かゆいらしい。ニワトリは、この肥った七面鳥とは仲がいい。七面鳥は、何でも食べてしまう。持ってきたふかしいもをやっても、ピーナツをやっても、坐ったまま食べてしまう。七面鳥は嘴《くちばし》のふちに、ふかし芋をつけたまま、おっとりしている。

白糸の滝の駐車場に入り、車の中で焼きにぎりを食べた。「あたしは白糸の滝、大ッ嫌い」。食べながら、花子はにこりともせず言う。誰も車から降りて滝を見に行かず。ここより引き返す。

ホルスタイン種牛牧場に仔牛が三、四頭ねそべっていたので、見に行く。番をしている犬も仔牛に似ている。犬に板チョコをやるとほき出す。さつまいもをやると食べる。おせんべをやると、もっと喜んで食べ、あとをついてきて、ドアから車の中を覗きこんで動かない。

スタンドで。ヘリコプターが低くとんできて、まわっている。ガソリン十五リットル八百五十円。

陽が永くなった。四時半になっても陽があたっている。

夜　ごはん、コロッケ、サラダ、はまちの煮付、豚しょうが焼、わかめとねぎのぬた。

台所の食器戸棚の裏を掃除すると、隅に夏みかんのタネが六十粒ほど、きれいに並べてある。毎朝、ガス台のふちに、ニンニクの白い上皮のようなものがパラパラこぼれていたのは、夏みかんのタネの上皮だったのだ。ゲイシャネズミは、毎晩、私たちの食べた夏みかんのタネを、ゴミ棄て場からくわえてきては、上皮を剝き、戸棚の裏に一粒ずつ整列させていたのだ。

六月一日（土）　くもり

五時半出発。海老名の食堂で朝食。主人、カレーライス百五十円、私、エビフライ定食五百円。今日のカレーライスには、肉が一切れしか入っていない。その代り、二人前ほど御飯が盛ってある。定食はなかなか持ってこなかった。エビフライの衣が厚くて、エビは小さい小さいものだった。

山中湖畔には白い花が今満開。桜ほどの大木がある。並木のように道に続いていたり、家の垣根から溢れていたり。花が多くついていて、葉がめだたない。樹氷のように花だけがくっついている。山なしか、アンズか、サンザシか、私は横眼で走り過ぎてゆくのでわからない。

スバルラインに入ると、両側は、赤いぶどう酒色のウツギの花が満開。

九時半着。

昼　チーズトースト、トマトスープ。

二時ごろ、大岡さんへ行く。晩にビールにお誘いする。コッカースパニエルの六カ月の子供がきている。私に喜んでとびつく。よその人が大好きな犬なのだそうである。

昼寝をする。

六時、大岡夫妻と犬がみえる。奥様、ワラビのおひたしを作って持ってきて下さる。

夜 ビール、黒ビール、春巻、シュウマイ、ビーフシチュー、のりおむすび。

犬の名は、本名をアンドレ、愛称はデデちゃんという。この犬はおむすびが大好物らしく、とび上って食べてしまう。主人が厚い木綿の兵隊靴下をはいて脚を組んでいると、デデは高くなった方の足の先を、首をのばしては噛んで喜んでいる。主人が足を揺らすと余計喜んで足の先をしこしこ噛む。大岡さんは、はじめのうち黙っていたが、我慢ができなくなったらしく「デデ!! それは汚ねえんだぞ」と、デデに注意した。

ワラビの作り方(大岡夫人に教わる)

○アク水を作るのに、ここではワラがないから松葉をもして灰を作り、熱湯を灰にさしてウワズミをとって、それで茹でる。やわらかすぎると皮がずるずるむけるから、その一歩手前で火をとめる。そのあと一日位、流し水につけておく。そのあと、

○しょうが醤油にからめて鰹節をかける。

○お酢であえたりする。

七月二十九日（月）　一日、雨

午後四時すぎ、気が急《せ》きながら東京を出る。

車に積んだもの。

土用丑《うし》の日なので、うなぎ一人前折詰。行水用タライ。ロースハム、生鮭、さんま干物、しらす、ミートパイ、さつまいも、きゅうり、ねぎその他の野菜、V８ジュース十本など。郵便物。

東京は午後から雨が上り、暑くなった。

東名高速三百円。ガソリン七百三十五円。

秦野《はだの》あたりから、また雨がひどくなり、山北の川沿いの道は水の中を走るようだった。御殿場を右折したころから、人家に灯りがつきはじめる。雨が上った道路に、豆腐屋や魚屋の曳き売りがきていて、農家の主婦たちが鍋やざるを抱えて集っていた。

七時半に着く。

「お帰りなさあい」。主人は仕事部屋のふとんから顔を出して、丁寧な言葉で子供のように言う。夕御飯は早くに食べてしまったと言う。うなぎは明日食べると言う。

昭和四十四年

四月八日（火）　くもりのち風雨強くなる
朝　ごはん、あぶらげとじゃがいも味噌汁、ハンバーグステーキ、キャベツ千切り。

南風が吹き、うすぐもり。昨夜の天気予報では、日本海からの低気圧で風が強くなり高地山沿い地方では霜をみる、といっていた。

昨日、リスの椅子にのせておいた、いなりずし、のりまきの残りは、きれいになくなっている。和食も好きらしい。

昼　ごはん、のり、生鮭照り焼（主人）、油揚げつけやき（花、私）、サラダ、とろろ昆布のおつゆ。

十二時ごろ、リスはやってきて、椅子の上のパン片をくわえていって、大きな熔岩の上にのり、食べはじめる。しっぽを背中の上に巻きあげてぴたりとくっつけ、風の吹いてくる方にお尻を向けて食べている。風が強いので、ときどき吹かれて前につんのめりそうになる。食べ終ると鳥の水浴び場の水も飲む。うぐいす色の小さなリス。胸のところが白い。尾もうぐいす色。見馴れない毛色なのは、今まで冬だったせいだろうか。四十雀《しじゅうから》がきて水浴びをしてゆく。

三時ごろ、大きめの木の葉が風に吹かれてきたような恰好で、さっきのリスが駈け下りて来る。椅子にのせたハンバーグステーキのはしをくわえ、重いのでテラスで休んで、それから立去った。洋食も好きらしい。

夕方、黒い大きな雲が拡がり、ぽつぽつと雨が降りだす。風はやまず、次第に暴風雨となる。

口述筆記で原稿七枚。

夜　ごはん、シューマイ、はんぺんとみつばの清《すま》し汁、しらす、大根おろし。

夜、ますます風雨はひどくなる。煙突、雨戸、軒、屋根を鳴らして風が吹いてゆく。秋の終り、これから冬になるような気さえする。しかし、温度は例年より高い位で、桜の蕾も一段とふくらんできている、とテレビでは言う。

明日帰ることにする。

今日は花祭りである。ＮＨＫ教育テレビ后八時より「仏陀の思想」がある。それに主人は出ているので、一寸みてから寝るといっていたが、眠くなってきて七時にねた。代りに私がみていた。

テレビのニュースで。連続射殺魔少年の下宿を調べるとメモが出てきた。それは金銭に対する異常な執着を示していた、といってテレビは騒いでいる。「貧乏だったんだ、いいじゃないか。お金に執着のあるメモがみつかったって。そういうお前は金が好きじゃないのか」——解説者があまりにもしたり顔に報告するから、テレビに向って私は声を出して言ってやる。

台所の引出しに「オレンジジュースの素」があった。お湯で薄めて飲んだら気持がわるくなった。三年位前のお中元のだから腐っていたのかしら。

四月二十日（日）　快晴　風全くなし

朝　ごはん、桜海老入り中華風オムレツ。

昼　いもがゆ、焼きはんぺん、かれい煮付。

夜　ごはん、鯖《さば》味噌煮、千六本汁（大根、人参、椎茸、ねぎ、ベーコン）。

快晴。うらうらと暖かい。一日中、陽のあたる間中、雪の溶けてゆく音が、遠くや近く、右の方や左の方、上の方、下の方で聞える。ピチャ、ポチャ、ボチョ、ゴチョ、チャヤッチャッなどという音。

日曜なのに人声はしない。鳥の声と雪の溶けてゆく音だけがしている。

四十雀は駅弁の残りのフライ（ウインナーソーセージのフライ）をつついている。

雪の上には、木の枝の影が墨絵のようにうつっている。鳥がきたり、リスが枝を伝わったりするのも影絵になって、地面の雪をみていればわかってしまう。

富士の頂上近くを薄い雲が動いてゆく。それも影になって富士山にうつっている。

ゴミを棄てに管理所へ行く途中で、レース用らしい車を押しあげている若い男の子三人に会う。車には、お寺のまんじ印に似たナチスの印が、大きく白ペンキで描いてあった。

庭の富士桜は一輪咲いた。五日も経てば花盛りになる。

午後、口述筆記をする。毎日新聞、一回分。

一日静かであった。今日もゆっくりとした夕焼となる。庭の雪はその間、バラ色に染まる。お礼をこめて夕陽に向って、一と踊り踊ってみせてやる。

〔附記〕　この年、六月十日から七月五日まで、竹内好《よしみ》さん、武田、私の三人は、総勢十人ほどの小旅行団に加わって、横浜からナホトカ、ハバロフスク、イルクーツク、ノボシビリスク、アルマアタ、タシケント、サマルカンド、ブハラ、トビリシ、ヤルタ、レニングラード、モスクワの町々を通過したり滞在したりした。正しくいえばソ連旅行というのかもしれない。でも私は、すぐロシアといってしまう。社会情勢に疎《うと》い私が見てきたのはロシアとロシア人のような気がする。

毎日新聞の連載「新・東海道五十三次」の仕事がそろそろ終るころだった。武田は、この仕事が終ったら旅行に連れていってやると言ってくれた。「外国ってどこ？　どこだっていいけど、一つぽっちじゃいやだよ。なかなか帰ってこない旅行でなくちゃ」「世界旅行か？」

丁度そのころ、竹内さんが遊びにみえた。「武田、旅行しないかね。ソ連圏だがシルクロードが入っている。小人数で行く旅行だ。磯野富士子さんが行ってきて紹介してくれたんだが、いい旅行社だそうだ」。招待旅行には決して行かない竹内さんは、武田と二人で旅行したくて話をもってこられたのだ。それは台所にいても聞えたから、私はすぐ、「あたしも行くよ。トランクだってこの前、北海道に行ったときに自分用のを買って、持ってるんだから」と、武田の前に坐って言った。竹内さんは苦笑いされていた。

竹内さんが帰られてから、「よく考えてみたら、約束は世界旅行だったのだから、ロシアだけなら、ソンみたい。スリカエられたみたい。あたしはやめておこう」と私は言った。「そっちは、また行けるさ。しかし、今度の竹内との旅行は百合子も行った方がいい。こんな機会はお互いにないからな」「そお？　あたしもとうちゃんも毎日訓戒を垂れられてばかりいるよ、きっと」「竹内と百合子と三人で旅行しておきたいと思ってたんだ。案外面白いよ。それに三人で行けるなんてことは、これから先、まあないだろうからな」。武田はくすくす笑いながら言った。

武田の言ったことはその通りだった。この旅行のあと、竹内さんも武田も外国へは行かなかったし、武田が死んで五カ月後、竹内さんは亡くなられたのだから。楽しい旅行だった。糸が切れて漂うように遊び戯れながら旅行した。

七月三十一日（木）　晴

東京へ入ったときに陽盛りでないよう、朝五時に山を出る。主人も同乗。朝焼が拡がっている。

中央道に入ると真正面から陽が昇ってくる。談合坂で給油九百円。六時半過ぎ赤坂に着く。花子夕方六時半、長野から帰る。

花子の話

○帰り道を歩いていたら、便所に行きたくなった。Kさんもそうだというので、お百姓さんの家に入っていって、「ごめん下さい」と言った。おしっこなら草むらでしようと思ったけど、二人ともうんこに行きたかったので。お百姓さんの家からは誰も出てこない。庭にも誰もいなくてしんとしていた。奥の方には誰かいるかと思って、中に入って、「ごめん下さい。お便所を貸して下さい」といった。やっぱり誰も出てこないで、しんとしている。もっと奥の方には誰かいるかもしれないと思って、靴をぬいで上っていってもいない。どの部屋をのぞいてもいない。奥の奥の方の便所まで行って、してきてしまった。それでも誰もいないの。黙ってしてはわるいと思ったけど。お百姓さんの家は広くて暗くて奥の方まであって、誰もいないのね。靴をはいて庭を出てきてもまだ誰もいなかった。

八月十五日（金）　くもりのち晴

十時半、本栖湖へ泳ぎに下る。花子だけ泳ぐ。

昼　海苔にぎり、卵焼、肉団子をつめて、泳いだあと食べる。

午後、テラスの床にオイルステインをかける。

花子は「リスは好きでない」と言う。「はじめは可愛いと思ってたけど、近くに来るようになってからよくよく見ていると、頭は硬そうだし、横顔なんかネズミと同じだし、よーく見ると可愛くない」

夜　茄子とみょうがのすいとん汁。すいとんは茄子のすいとんが一番おいしい。

「黒い雨」を読む。

九月二十八日（日）　晴ときどき曇

昨夜あさって会で、主人、一時半帰宅。私は二時半にねたので、今朝は眠い。前五時半出発。花子は定期試験があと二日で終る。

七時過ぎ着く。雨戸を開けるとき、黒い羽に水色の鱗粉の模様が光る大きな蛾が、ぽったりと落ちてくる。卵を生んでいたらしい。

大岡さんに、ブリ、鮭、タラコなど届ける。ヒデちゃんとデデが出てくる。

朝　パン、クリームスープ、ハンバーグステーキ。

昼　ごはん、ぶり照り焼、大根おろし、とろろこぶのおつゆ。

庭先の草むらが畑になっている。隣りのおじいさんが留守の間にやっておいてくれた。

私は昼寝をする。

雨戸という雨戸に蛾がくっついている。死んだのや、死にそうのや、まだ卵を生んでいる途中らしく羽をふるわせてじいっとしているのや。水すましのように黒い長い肢《あし》で、胴体は米粒ほどのオレンジ色のくもが窓にくっついている。みんな寒いらしい。

夕方、西陽が仕事部屋の奥まで射しこんでくる。そのころ大岡夫妻が庭を下りて来る。ギターと教則本を持って。デデもやって来る。デデの頸《くび》のところにコブが出来ているので、明日東京の獣医のところにつれてゆくのだといわれる。

管理所で。牛乳三本九十円、卵百円、タバコ千二百五十円。あけびが沢山おいてあるので貰ってくる。
○今年は、山のものの生《な》り年で、どうしてだかキノコもあけびもどっさり出来ている。あけびはゴルフ場の向うのヤブに入ると、いくらでもある――と管理所の人の話。

二十六日が仲秋名月で、今日も大きな月がかかっているらしい。雲が厚くて月の姿はみえないが、東の方の厚い黒い雲を透して、金色の光がもれている。

一日中、ストーブを焚いた。

十月三日（金）　くもり時々小雨

朝　中央道談合坂食堂で、カレーライス二人前三百円。

昼　ラーメン、ポークビーンズの罐詰。

夜　油揚げとにんじん炊き込み御飯、さといもとわかめ味噌汁（卵入り）、いか塩辛。

東京を五時半に出る。談合坂で給油。

霧雨が降っている。食堂には三組ほどの客がいる。今日は私もカレーライスをとる。カレーライスの中味は、この前は海老だったが、今日はとり肉。カレーライスはおいしい。ラッキョウも福神漬も紅しょうがも、たっぷりとついている。いくらでもとっていいように、別の容れものに入って出ている。ほかの三組の客もカレーライスをたいていとっている。朝早いから、皆ぼんやりと硝子戸の外を眺めたりしている。私はコーヒーもとった。私もゆっくりと外を眺めながら飲んだ。

「お金があるっていいねえ」と、うっとりして言うと、主人は「自民党のおカゲよ」と、首をすくめて女言葉で小声で言った。そして、二人とも大笑いした。

山の中腹より上を、始発らしいバスがぐらぐらと揺れながら、ゆっくりと上っていくのが見え隠れする。

Sランドの上より濃霧。わが家の前も濃霧。

大岡さんに買出しの品、パン、大根、魚、肉など届ける。昨日、俄かに大勢の来客があり、「鉢の木」となって家中のあらゆる食料を出しつくしたあとなので丁度よかった、と奥様はおっしゃった。私はいそいそと闇屋になって、玄関にアイスボックスを置いて品物を出し、「これがいくらで、これがいくら」と、はじめた。

隣りのおじいさんに干物を五枚お土産にあげる。

后五時ごろ、早めの夜ごはん。

牧田さん〔牧田諦亮《たいりょう》。武田の友人。近江、念仏寺住職〕に、花子の冬休みのことについて相談の手紙を書く。寺で預ってくれるところがあるかどうか。

今日は地震が多かった。

テレビで。夜、一人で見ていると、北富士で自衛隊の演習のニュース。仮想敵は、都心のビルに侵入した暴徒ということになっている。それの鎮圧に、装甲車、戦車、ヘリコプターが出動。ヘリコプターからはロープを伝って一人ずつ屋上に降りて来る練習。仮想敵（暴徒）には、自衛隊の一部の隊員がなっている。角材や鉄パイプの代りに木銃の先にタンポをつけたものを持って、手拭で鼻と口を隠し、ヘルメットをかぶっている。ビル（木箱をバリケードのように高く積んだものをビルに仮定している）の中に躍り込み、発煙筒を投げたり、木銃（ゲバ棒）をふりまわしたり、学生そっくりにやる。学生よりうまい。自衛隊側は機動隊と同じ楯とカブトをつけて、戦車と一緒にドンガドンガドンガドンガ進んでくる。怖い。防衛庁にまだ塀がなかったころ、六本木の裏通りを歩いていると、銃剣術の練習を大へんな勢いでやっているのが見えた。私は、あの、出す声がキライなのだ。そのときも怖しいと思った。今日の演習を見ていると、仮想敵は日本人の暴徒、その暴徒は学生、ということをはっきり見せてくれたから、何だか怖い。

十一月二十一日（金）　晴

私が眠っているうちに、隣りのおじいさんが、ひじきの煮たのと、パセリと、あかめいも二個と、菊の花一束を持ってきてくれた。ひじきは「これは私がいたずらしたもの。ばあちゃんが作ったのではない」と、主人にわざわざ説明していったとのこと。

昼過ぎ、本栖湖へ下る。紅葉していた樹海はすっかり葉が落ちて、却《かえ》って、おっとりと暖かそうにみえる。

主人は本栖湖でボートに乗りたかったらしい。貸ボートのある浜に降りると、ボートはすっかり岸へ揚げられ、底を上にして並べてあった。一隻だけ湖水に浮いている。どこかの浜には貸ボートがあるのではないかと、別の浜に行ってみる。四、五隻あるボートは水浸しになっていて、係員はいない。岸には空き罐ばかりが転がっている。また別の浜に行ってみる。車が一台とまっている。貸ボートを諦めた主人、車から降りてふらふらと水打ちぎわを歩く。私はまだ寒気がするので車の中から見ている。水を眺めながら、ときどき熔岩の小さいのを拾ったりしてゆっくりと歩いていた主人は、車に戻ってくる途中で急に足早となり、そそくさとドアをあけて助手席に坐りこむ。熔岩など棄ててきたらしい。蛇にでも会ったのかしら、と私は思う。

「あの車のやつは、中でネチョリンコンをやってるんだ。気持がわるい。よく見ないでさっさときちまった」と言う。

「自分のネチョリンコンのときは見えないからいいけど、人のネチョリンコンはへんてこだものねえ。神宮外苑なんか、からまりくり返って歩いているの見ても、ちっともいいと思えない。ポルノなんか平気で見てるのに、どうしてほんものは気持わるいのかしら」

「他人の情熱はこっけいに見えるのさ」

下部《しもべ》へぬけるトンネルの手前から左へ下ってみる。下の浜にはバスが一台とまっている。そばに行くと、それは貸ボート屋の名前が横腹に書いてあり、夏場だけボート屋が日除け用に使っていた、車体だけの廃車だった。この浜には富士あざみが群生している。赤紫色の生ま生ましい大きなあざみの花が、ぐんなりと首を折ってそのまま立枯れてゆく途中だ。

勝山の酒屋で。煮豆、はんぺん（厚味焼）二枚、納豆二袋、ビール、罐ビール、合計三千九百円。

おかみさんは白菜漬と鳴沢菜の漬物を少しずつくれる。主人がはんぺんをくれといって厚味焼を指すと「はんぺんならここにある」といって、さつまあげを摑んでみせる。このへんでは、はんぺんとは、さつまあげのことをいうらしい。

昼　トースト、スープ、ハンバーグステーキ。

夜　ごはん、しらす、大根おろし、ひらめのでんぶ、あかめいもふくめ煮、白菜漬物、味噌汁。

今日本栖湖で、一台のライトバンが勢いよく浜に乗り入れてきて停った。「ここがいいや」と叫んで、若い衆が助手席からとび降りて岩に駈け上った。湖に向って腰を下ろし、風呂敷包をもどかしげに手早くひらいて平たい四角い弁当箱の蓋をあけた。漆喰《しっくい》のようにぺったりぎっしり詰まった白い御飯の上に、細切り昆布の佃煮がのっている。魚の罐詰らしいのをくるくるとあけて岩の上に置き、それをつついては昆布のかかった弁当の御飯を食べていた。弁当箱を本を読むような角度に斜めにかしげて食べているので、私からよく見えるのである。首を振るって嚙みしめながら、湖水の遠くを眺めている。そのおいしそうなこと!!　ライトバンの運転席では年とった男が弁当を使っている。その男は風が強いので外に出たくなかったらしい。ライトバンには測量の道具とセメント袋が積まれてあった。

昭和四十五年

五月四日　やや晴
連休の天気予報は外れて、今日も雨ではない。ときどき陽がさす。台所の窓の前の富士桜、かんざしのような形に花をひらく。
ダンガンの中にゴミを入れて燃やしていると、隣りのおじいさんが垣根の向うから、「奥様。今日は何をしておいでになります?」と改まった言葉つきで声をかけた。「今日はゴミを燃やしております。おじいさんは何をしていらっしゃいますか?」と私も改まって答えると、「タンポポの苗を植木屋からもらったので植えております。来年は綿毛になって、奥様のお庭にも飛んでいって、わけて差上げることになりますです」「それはありがとう」「来年のことでしたら、このタンポポの方がたしかでございます。私の方はこの世にいないかもしれませんでございます」「では今年のうちにお礼しておきましょう」。おじいさんは本当は八十近いのだそうだ。少し若く言って留守番の仕事に就いているのだから黙っていてほしい、と小さい声で言う。

陽のあるうちに車の掃除をする。中の敷物を出して叩く。敷物の下から、ハイライト、百円玉、キャラメルなど出てくる。隣りにきている植木屋がいつのまにか後にきて「車の世話も楽じゃないねえ。馬や牛のようなもんだ」と言い乍《なが》ら見ている。そのうち小さな声で、「いま、つれが松の木を掘ってるで。奥さんについでに桜もとってやるか」と言うと、返事も待たずにスタスタと立去った。またいつのまにか後にやってきて、私の背丈ほどの、花の咲いている富士桜を根ごと提げて黙って立っている。「ありがとう。明日東京に帰るから、東京へ持っていくわ」と言うと、「ニシキ（ニシキギ）も持っていくかね。あれも盆栽仕立にするといい」と言う。しばらくすると、別の植木屋が後に立っていて、今度は枝を払った幹と根だけの富士桜を提げている。「これは土がついてねえから半日ほど水に浸けてから植えるといい」と言う。そのあと引き返してすぐ、その植木屋は小さな富士桜を二本持ってくる。バケツの水を汲みに下って、又門まで上って来ると、車の脇に二十センチほどの丈の、芽が吹いているから松とニシキギが置いてあった。陽の落ちないうちに、急いで根を巻いて車に積む。お礼に罐詰とタバコを持って隣りへ行くと、植木屋は五、六人にふえて勢揃いして庭のベンチに腰かけている。また家に戻って罐詰とタバコをふやしてから出直した。

去年の春、管理所の人に秘密に教えてもらった大きな山椒の木のある林へ行ってみる。

二本あった山椒は二本とも掘られて大きな穴があいていた。このまわりは山椒の匂いがたちこめていたのに。

ひとまわり歩いて帰って来ると、車のところに、さっきまではなかったのに、小鳥が仰向けにひっくり返ってもがいている。片方の肢をつっぱってもう片方の肢は折ってちぢめている。ひっくり返してやっても片方の肢がつっぱったきりなのでバランスがとれず、すぐ仰向けになってしまう。肢の関節が折れているのだろうか。うぐいすが、うぐいすより少し大きい。麦わら帽子の中に入れて持って帰る。ラードとすり餌を竹串の先につけて口へもっていくと、喰いついて食べる。何度か食べさせていると元気になって、眼をあけてピッピッと啼くようになる。肢をしきりに動かして腹這いになろうとしている。

夜　ごはん、東坡肉《トンポーロウ》、白菜とアスパラガスとカリフラワーとにんじんなどのスープ煮。

主人の下痢とまり、すっかり元気になる。一日中眠ってタバコ、ビールを飲まないでいた。東坡肉はおいしいという。スープ煮もおいしいという。

ごはんが終ってから、熱い湯で主人の体を拭く。脚も拭く。足の指も拭く。

明朝、帰ることとなる。

夜、又鳥に餌をやる。とても残忍なことをしている気持。いい気持。鳥は時々、丸い黒い光った目をあける。

五月五日

前五時半に起きる。鳥は麦わら帽子の中で死んでいた。棄てる。

七月二十日（月）　晴、風なし

朝のうちくもり。九時ごろ、乾燥車くる。

門から家までの距離が長すぎるので、管理所まで運んでいってするという。コンセントからコードをひいてするので、コードの長さが足りないのだ。

敷きぶとん三枚、掛けぶとん五枚、二千二百五十円。三十分ほどで終る。ふとんを運ぶとき、主人の着ていたシャツとパンツが畳みこまれて入ったままだったらしく、返しにきたとき持ってくる。「これとこれは消毒も乾燥もしませんでした」と言う。

昼過ぎ、買出しに下る。

吉田へ。

生鮭四枚二百八十円、つけもの三十円、大根二本七十円、茄子十個七十円、みょうが六個六十円、豆腐一丁四十五円、がんもどき三枚六十円、メキシコ豆一袋四十五円、キャベツ二十円。

ワカ末八百四十円、ねずみドロップ百五十円。

へら、ちゃこ。

ビール一箱、かんビール一箱、ぶどう酒二本、四千百六十円。

隣りに生鮭二枚あげる。おばあさんは、こんにゃくの煮たのをくれる。「じいちゃんが煮たのではない」と言う。十センチ位の長さの屑毛糸を編みこんで、ふとんカバーを作っていた。

夕食後、ぼんやりと外を見ていると、大岡夫妻がみえる。桃一箱と神戸牛の粕漬を頂く。大岡さんの小説の中の文章が紅葉台の「Y」ドライブインの前に看板になって出ている。承諾をとりにこないで勝手にしている。そのことと、看板はやめてもらいたいので、出版社から話をつけにいったら、桃二箱と山菜の味噌漬のようなものをごちゃごちゃと持って謝まりにきた。秋まででやめてもらうことになった、という話。この桃はその一箱。

デデは一週間経ったら山へ来るそうだ。

大岡さんと奥様は、きじ料理屋に入ってみたそうだ。千二百円できじ鍋というのを食べた。肉は数えるほどしか入っていない。でも、まあまあ食べられる味だった。奥の部屋では土地の文化グループらしい人たちが、短歌か何かの会をやっていた。「あの人、才能あるじゃんか」と大きな声でにぎやかにやっていたそうである。

大岡さんは、今年、現在は、フォーリーブスの大ファンで、テレビは欠かさず見、レコードも買い、ゴシップも沢山知っている。フォーリーブスの中の西洋人のような顔の男の子のファンだったが、その子がヘンに薹《とう》がたってきたので、別の男の子にした。前は九重

＊祐三子（？）のファンだったが今はこれ（これは大岡夫人が語りました）。
満月に近い月が出た。門まで送ってゆくと、大岡さんは向いの寮へ向っておしっこをされた。

＊正しくは「佑三子」。（編集部注）

七月二十三日（木）　晴

午前三時ごろ、暗いうちからうぐいすが啼く。するとほかの鳥も啼きだす。ふとんの中できいている。四時すぎに起きる。五時少し前、山を下る。談合坂を過ぎたあたりで朝陽が昇ってくる。線香花火の終りの火の玉のような、まん丸い真赤な太陽。今日も暑くなりそう。七時前、赤坂に着く。花子は起きていた。髪を洗ったあとらしく、濡れたつっぱった髪の毛をして出てくる。

肉、かますの干物、うなぎ蒲焼、しらす、チーズケーキ、野菜、パンなど買って三時ごろ赤坂を出る。

大岡さんへ干物をもって行くと、カーテンがひいてあって車がなかった。

夜　うなぎ蒲焼（主人）、かます干物（私）、豆腐とみつばのおつゆ、ほうれん草ごま和え。

今日あったこと。なかなか忘れそうもないこと。

今日赤坂を出て山へ戻ってくるとき、甲州街道で軽トラック（？）が右側に並んで走りだした。そのうち運転席から、からかうように何か叫んでいる。はじめはパンクか半ドアを教えてくれているのかと思っていた。赤信号で停ると右側に並ぶ。次の信号で右側に私が寄って停ると左側につく。実に運転がうまい。そして青信号に変るまでの間、助手と運転手が代る代る私の車に向って「おまんこ」「おまんこ」とくり返して言う。こうやって字に書いたって、書いただけで、この四字には困ってしまう。イヤになってしまう。それを大きな声で言い続けるのだ。赤の信号で二回停る。青になるまで、混んだ電車の中で痴漢にあった気持でじっとしていた。その間のながいこと。三つ目の信号も運わるく赤だった。ハンドルに手を置いて真正面を向いたまま、両耳を猫のようにぴんと立てて、浴びせかけられる四文字にじっとしている私の恰好。男たちと同じくイヤたらしい。窓から顔を出して「なかったら不具《かたわ》でしょ？」と、聞えるように大きな声で言って、男たちの顔をずーっと視《み》つづける。トラックは曲り角にきて曲っていったのか、並ばなくなった。

今日は「男に向ってバカといったり」「罵《ののし》ったり」そういうこと（主人がしてはいけないと言ったり、主人がイヤそうな顔をしたりすること）はしなかった。痴漢（？）にも上品な態度で接した。でも、トラックの男たちの四文字の声は、ぺたりと濡れ雑巾を体につけられたようで、まだ気持がわるい。

八月一日

花子を連れて、三人で山へ戻る。

花子の学校の宿題写真のモデルとなって、いろいろと変装したり、駈けずりまわったりして私は燥《はしや》いだ。「黒い雨」を読む。

十月二十四日（土）　快晴

主人の仕事の合間を縫って山へ。六時過ぎ出る。朝焼がしている。やがて快晴。

中央道へ入る前に給油千二百円。

談合坂食堂で、主人カレーライスをとる。私は食べたくないので何もとらない。主人はカレーライスを十分の一ほど食べて「やる」と言う。私はカレーがかかっているところだけ食べる。カレーの中には何にも入っていない。ウインナーソーセージが半切れ入っている。「やる」と言ったはずだ。

食堂の庭にあまり陽がよくあたっているので、主人は休んでゆくという。坐ろうとしたら腰かけが濡れていた。

中央道から山へ着くまで、主人は眠っていた。

朝　ごはん、かれい煮付、ぎんなんを煎って食べる。

テラスの椅子で、ぎんなんを食べながら、主人眠りはじめる。原稿が終ったあとなので、まぶたがぴくぴく動く。弱々しい顔つきでねている。

昼　ごはん、けんちん汁、とりのささみつけ焼、白菜漬物。

主人の髪を刈る。体が揺れるので刈りにくい。顔も剃る。

風呂をわかして主人入る。頭を洗う。背中もお腹も体中洗う。そのあと寝室へ入って本格的に眠る。眠るまで背中をさする。すぐ眠ってしまった。

隣りへぎんなんをわけに行く。二合目の紅葉が今盛りだと、隣りにきている植木屋が言っていた。

買出しに下る。卵十個百六十五円、りんご五個百円、ぶどう三房二百円、みかん一キロ百五十円、うどん六十円、そば六十円、チーズ百六十五円、しょうが三十円、牛乳二本六十円、洗剤百円、桜えび百五十円、塩鯖六十円。

茶店で。抹茶一罐三百円。

茶店の白い大きな犬。私が車に乗って出るまで出てきて見送っている。じっと見ている。

買出しから帰ってきても主人は眠っている。

雲一つない夕焼。そのあと星空。

夜の食事もせずに主人は眠り続ける。とりの入ったすいとん汁を作って、私は食べた。

十二月二十一日（月）　晴

谷崎賞や三島由紀夫さんのことがあって、十一月と十二月はずっと東京に暮した。朝日の原稿を渡し、写真を撮ってから、十二時半ごろ急いで東京を出る。はじめて玉《たま》〔猫。朝六時ごろ、銀座に写真を撮りに出かけた花子が拾ってきた仔猫。十一月より飼う〕をつれてきた。ネコは鳴きとおしに鳴く。声が出なくなるまで鳴き続ける。石川で天ぷらそば二つ百四十円。

ネコは中央高速道に入ると静かになって眠った。曲ったり停ったり発車したりが、気持がわるいらしい。

しばらく来なかったので、家の中は冷えきっている。煖炉を焚いてもなかなか温まらない。庭は霜柱が深くたったまま凍っている。

隣りに鯖の干物をあげる。隣りの庭の植木には全部ワラの帽子がかぶせてある。大きな木には幹に縄をまいてある。東京の料亭かお邸の庭のようだ。おばあさんは「植木屋の手間賃は一日三千円で、自動車代も山へ上ってくるのだから特別出しますし、材料費もこっちもちで、莫大なものでございますよ」と言う。冬になって、もう二度も雪が降ったのだ、と言った。

夜　桜めし、おでん、煮豆。

夜はとても寒い。風が出てくる。冷えてきて足の甲が重たい。

昭和四十六年

四月十四日（水）　晴　風つよし

今日は気分が直った。朝から気持がいい。鏡にうつった私の顔は病気になる前よりきれいになったと思う。きっと排泄しきれなかった老廃物が、下痢と吐き気とで一緒に吐き出されてしまったのだ。体が軽くて頸《くび》も軽くて、機嫌がいい。うっとりしている。

朝、四十雀《しじゆうから》が食堂に迷い込んできて、天井の梁《はり》ですくんでいる。タマがみつけて狙っているのだ。狙っているのではない。四十雀に向って優しい声でよんでいるのだ。「遊んで頂だい」「遊んで頂だい」といっている風な声のかけ方なのだ。タマが遊んでほしいというのは、鳥には殺されることなのだから困ってしまう。

朝　チキンライス、野菜スープ、パイナップル。

昼　ホットケーキ、鮭燻製、コンビーフスープ、紅茶。

夜　ごはん、さつま汁、山椒佃煮。

昼すぎ、タマはとうとう四十雀をつかまえて、放り投げては嚙みつき、嬲《なぶ》りつづけて殺す。

夕方、隣りへ行く。老夫婦とお茶を飲む。おばあさんが「今年は四月の三日に、はじめてうぐいすが啼きました。そのときはとても下手でしたが、五日の日、二度目に啼いたときには、もう上手になっていました」と言うと、おじいさんは「あんたは、よう、まあ、そんなことを覚えているなあ」と、バカにしたように、くさしたように言うのだ。それからもう三つ位、私のいる間に口喧嘩をした。おじいさんは私が帰るとき、自分で台所へ立って、戸棚をがさがさやって、山椒の佃煮を瓶に入れてくれた。「ばあちゃんが作ったのではない。わたしのいたずら。これは、こういうことはやれん人間で、やらしたって碌《ろく》なものは作れんです」と言いながら。

今日もきれいな夕焼。

六月三十日（水）　雨時々曇

朝　ごはん、じゃがいもとキャベツ味噌汁、わかめと玉ねぎサラダ、まぐろ罐詰《かんづめ》、大根おろし。

昼　ごはん、オムレツ、清《すま》し汁、トマト。

夜　釜あげうどん、プリンスメロン。

一日中、降ったりやんだり。雨がやんだとき、少し草を刈る。隣りの食堂のテレビはテレビ体操をやっている。音楽が草を刈っているここまで聞えてくる。老夫婦は並んでぺたっと坐り、首をのばしてじいっと視入《みい》っている。晩ごはんのとき、その話をすると「テレビ体操はじっとみてるだけで自分も運動したようになるんだ。じっとみつめているとテレビで体操してる人と同じところに力が入ってくるわけだ。俺なんぞもよくみてるよ。みてるだけで体操したと同じになるんだ」と主人は言った。

七月八日（木）晴

予報では、今日颱風《たいふう》がくるといっていたが、晴れてしまう。風がわたって、快晴。午前中に気温はどんどん上って、草や樹がむんむん匂ってくる。東京は三十二度になったとか。

午前中、吉田へ買出し。

ハチミツ五百円、仁丹、茄子、きゅうり、赤いすもも一箱二百円、トマト、豆腐、油揚げ、豚ひき肉、ワンタン皮。

罐ビール一箱、瓶ビール一箱。

留守中に大岡夫人が「今夜来るように」と誘いにきて下さったとのこと。五時半に二人出かける。

「何故、およびしたかというと、ワグナーのレコードと新しいステレオと新しいカラーテレビを大岡はみせたくて仕方がないんです」と大岡夫人は、おかしそうに言われる。

大岡さんは、毛むくじゃらのじゅうたんに寝ころんでいる。寝ころんだまま、ステレオのスイッチをひねれるように、新しいステレオが置かれている。スイッチを入れると、部屋の隅の四角い二つの箱の方からいい音が出てくる仕掛になっている。寝ころんだ位置できくと一番いい音なのだそうである。ワグナーのレコードは、カステラの箱を二つ重ねたほどの厚さの箱だ。中にはワグナーのレコードのほかに三冊、本が入っている。この本を読んでから、この中に一緒に入っている解説のレコードをきいて、それからワグナーのレコードをきけば、ワグナー研究学者第一人者になれてしまうほどの精《くわ》しさのものだそうである。ラインゴールドのはじめの方と、ワルキューレのまん中へんと、解説（日本語）のレコードのはじめの方をかけて下さった。

主人は「ワグナーをきいていたら霊感が湧いて、小説の題を二つも考えてしまった」と言った。大岡さんは「貸してやるから持っていっていいよ」とおっしゃった。大岡さんは「タダでこのレコードは貰ったけれど、本当は十四万円ぐらいするぞ」とおっしゃった。

お刺身を御馳走になった。楽しかった。

足もとが暗いので、大切なワグナーは明朝運ぶことにして車の中に置いて庭を下る。

今夜は二人とも早く眠る。

七月九日（金）　くもりのち晴

車の中に陽があたってワグナーが反《そ》ってしまったら大へん。朝早く、ワグナーを家に運ぶ。主人、早速かける。蓄音機がわるいせいか、まるで音がちがう。うちの蓄音機だと下品な音がする。女の人が歌うところを台所できいていると、民謡のおばさんの声のようなけたたましい声にきこえる。昨日はこんな声でなかったのに。タマはワグナーがかかったら外へとび出ていった。怒られているように思ったらしい。

吉田へ買出し。毎日新聞高瀬善夫さんあてに、原稿が出来なかったおわびの電報を打つ。電報百十円。

大岡夫妻、夕方、遊びにみえる。デデも来る。

七月十五日（木）　快晴、夕方雨

朝　ごはん、味噌汁、うに、のり、卵、いわし大和煮。

昼　パン、野菜スープ、トマト。

夜　ごはん、コンビーフ、たたみいわし、おひたし、清し汁。

気が遠くなるようなよい天気。草刈りをする。そのあと、水を浴びて、テラスで風に吹かれていたら、いつのまにかねてしまっていた。

午後、私が食堂の椅子に腰かけているとき、テラスから主人がふっと入ってきて、硝子戸を音をたてないように閉めはじめる。一人で黙ってそそくさと閉めている。全部閉め終ると「タマは外に出ているか。タマを出さないようにしろ。百合子、じっとして音をたてないようにしていれば大丈夫だからな。いま熊が、そのつつじの向うを歩いている。もうじきほかへ歩いていくからな。じっとして外へ出ないでいろよ」と、低い声で抑揚をつけずにゆっくりと言った。タマは二階に昼寝している。二人は食堂の椅子に並んで腰かけていることにした。熊は大きな犬の三倍位の大きさだったという。遊びながら散歩している風に庭先を横切ろうとしているようだったという。しばらくして「もう大丈夫だろう」と主人は言った。私はいそいで大岡さんへ行く。「熊がいたから、デデを外に出さない方がいい」と言いに行く。主人が報らせておけというので管理所にも行く。「あの、私が見たのでなく、主人だけが見たのだから、主人は眼がわるいので、もしかしたら間違っているかもしれないのですが……」と、小さな声でいうと「何かね。ごみの棄て方かね」と不審そうな顔を向ける。「熊が出ました」と言うと、大騒ぎになってしまった。ガードマン一人と管理所の人三人位がジープで来て、熊の歩いていった方角へ向って林の中を、洗面器やバケツを叩いて見回ってくれる。いなかった。

夕方、下って、S農園で山芋四本（三百円）を買う。大根一本サービスにくれた。

暗くなって霧がわく。夜は涼しい。

八月四日（水）　くもり、風つよし

朝　ごはん、ひらめ煮付、味噌汁。
昼　とうもろこし粉を入れたふかしパン、野菜ととりのスープ、トマト、ベーコンエッグ。
夜　ごはん（味つけごはん）、かます干物、ひじきとなまりの煮たの、茄子しぎ焼、みょうが汁、はんぺんつけ焼。

颱風十九号が九州に上陸。風が吹く。時々晴れたり、雨がぱらついたりする。

管理所で。みょうが一袋、きゅうり二本、トマト五個、にんにく一個、マヨネーズ、合計六百円。

買物をしていると、白髪まじりの小柄の奥さんが寄ってくる。小声で「奥様。熊の方は、その後どんな風でしょうか」とたずねられる。その奥さんは「前に、大きなサルが歩いているのをここで見かけたことがある」と教えてくれた。散歩しているような恰好だったそうだ。

タマ、暗くなって大急ぎで家に入って来る。いつもより急ぎ足なのは、もぐらをくわえてきて、みせたかったからだ。もぐらは、この前のより成長して倍ほど大きくなっているが、毛並はまだ子供らしくビロードのようだ。ビロードの色は真黒から薄墨色に、もぐららしく変ってきている。前足もこの前のよりずっと大きく、水かきがついているみたいにひろがっている。主人は「タマ。お利口さん、ああ、つよいつよい。えらいねえ。そうかそうか。見せてくれるのか」と、しきりに猫に話しかける。そして私に「こういうときは、ほめてやらなくちゃならんぞ。もぐらをとりあげて捨てたり叱ったりしちゃいかんぞ。猫がへンな性格になるからな。いじけるからな」と言いきかせる。私も「タマ、よく見せにきてくれたね。ありがとさん。そうか。お前はつよいね」と、真似してほめた。今日のもぐらは丈夫らしく、いつまでも動いているので、タマは満足して遊んでいる。やがて動かなくなると、ふしぎそうにみつめて、放り上げてはバスケットボールをしているようにいじっていたが、ふいと飽きて、箱に入ってねてしまう。

夜、湿っぽい霧が、ぐったりと降りてくる。空はうす赤い紫色。下の原の家に灯りがついている。大きな大きなくしゃみを、そこの家にきている男がした。

畑のけしに蕾《つぼみ》が一つついた。葉にも蕾にも毛が生えている。

かぼちゃにも一つ実が大きくなってきている。かぼちゃは朝早くから花を開いている。かぼちゃの花をみると、灯りがついているような気がいつもする。かぼちゃの花にもスゴい毛が生えている。「黒い雨」を読む。涙が出て、それから笑う。

十月二十三日　くもり

昨夜、中公の谷崎賞の会があったので、今朝「今日はやめておく？　一日のばす？」と訊くと「山へ行く。紅葉も見たい、少し休みたい」と言う。予定通りに出かける。昼少し前に赤坂を出る。

中央高速道に入って、真直ぐの道をスピードをあげて走り出したとき「昨日、中公の会に出ていてしゃべっていたら、急に口がうまくきけないんだなあ」と、赤坂を出たときから眠っているようにしていた主人が話しだす。顔をみると、いつもの通りの顔色で、おかしそうに、うっすらと笑っている。少し恥ずかしそうにしている。

「そう。うちへ帰ってきても、だから黙っていたの？」

「会から帰ってくる車の中では、もう治ってたんだ。酒飲んでくたびれてたからなあ。淑子さん〔嫂《あによめ》〕の話はきいてただけだ。口きくのが面倒くさかったからなあ。あのときは治ってたんだ。ヘンだったかなあ」

「別に。あたしは、いつもよりお客に口きかないな、と思ったけど、お嫂《ねえ》さんはヘンとは思わなかったでしょ。気がつかなかったみたい」

主人は「腹がすいた」といって、持ってきたサンドイッチを食べはじめる。

「このまま、山へ行く？　戻って医者に診てもらおう」

頭を振りすぎるほど振って、じろりとにらむ。サンドイッチをのみこんでから「山へ行けば治るさ。酒の飲みすぎだ。判ってるんだ。医者なんかみせたって同じだ。こうやっていたいんだからいさせろよ」。

私は真直ぐ向いたまま、ずっと車を走らせた。

主人は手をのばして私の髪の毛を撫でる。

語気を荒くしたことを恥ずかしそうに、お世辞をつかうように「こうやっていさせろよ」と、今度は普通の声で言いながら。

山へ着いて、遅い昼食。ごはん、じゃがいもと玉ねぎのオムレツ、スープ、りんご。

主人も私も昼寝。

夜　牛肉バター焼、ごはん、大根おろし、わかめとねぎ味噌汁。

いま、庭に芥子《けし》が咲き乱れている。いまごろになって咲いている。

十月二十四日
本栖湖、西湖《さいこ》、朝霧高原へ行く。紅葉を見に。

昼　天ぷらうどん、おひたし、りんご。

食堂で主人の髪を刈る。そのあと、主人入浴する。

タマが庭をせっせとおりて来る。会社員が夕方、家へ帰って来るときのように。遠くから見ると、タマの顔に黒いひげが生えているようだ。テラスまで来るとタマは得意そうに顔を仰向けてみせる。蛇をしっかりくわえている。三十センチ足らずの小蛇だ。蛇はくわえられて苦しいから脂がにじんで反りくり返っている。だからひげのように見えたのだ。

「あ、タマ。蛇をくわえてきた。とうちゃん、見てごらん。タマの顔はダリにそっくり」。

主人は私の声を聞くなり仕事部屋に入り、乱暴に音をたてて襖を閉めきる。タマは仕事部屋の前にきちんと坐って蛇をくわえたまま待っている。蛇をくわえているから鳴いてしらせるわけにはゆかない。みせたいから開けてくれるまで黙って坐っている。「いいか。タマを入れちゃいかんぞ。絶対に開けるな。俺はイヤだからな。タマをどこかへつれてけ。蛇は遠くに棄ててこいよ」。主人は中から、急に元気のなくなった震え声で言う。私はタマの頭を撫でて「タマ、えらいね。遠くからせっせと持ってきたのね。大へんだったね。見せてくれてありがとさん」と言う。蛇をくわえたままの猫を風呂場に入れておく。食堂に落ちている髪の毛を掃除機で吸いとって掃除したあと風呂場に行くと、蛇は死んでいた。タマはまた外へ出てゆく。蛇を箸でつまんで犬の墓のところを掘って埋める。「もう大丈夫。埋めてしまったから」と私の顔が入るだけ襖をあけて報告した。

夜　桜めし、おでん、漬物。

十二月十四日（火）　晴　風つよし

十一月二十七日から十二月九日まで、主人入院。その前後一カ月半ほど、山にこられなかった。

前九時東京を出る。

談合坂の売店で、肉まん二個（主人）、シューマイ弁当（私）を買って車の中で食べる。タマに弁当の中のカマボコをやる。

大月を過ぎて山麓近くなると強い風が吹いている。オレンジ色の土埃《つちぼこり》が上って、それが漂って、霞かもやのようだ。風で車が横ぶれするのでハンドルをしっかり握っている。

入院中に東急から送らせておいた食堂のテーブルと椅子が管理所に届いている。

家の中は冷たくなっている。この前コップに差したまま帰った芥子の花が、花芯だけを残して凍ったコップの水の中につったっている。バケツの水もやかんの水も凍っている。便器の中の不凍液にネズミが二匹入って死んでいる。ふにゃふにゃにとろけそうになっている。

昼　ごはん、とりささみバター炒め、キャベツ千切り、春菊おひたし、わかめとしらす酢のもの。

これも、入院中に注文してとりつけておいたストーブをはじめて焚いてみる。煙突の曲り角から黒い煙が洩れる。西風が吹き上ってくると煙突から風が逆流してゴッと妙な音がする。管理所へ行って取り付けてくれた燃料係の人にきてもらうように頼む。仕事部屋に残っていたピースを、全部管理所の人に持ってゆく。入院以来禁煙している。ノーシンを棄てる。

吉田へ買出しに。

三ツ峠と並びの山々に西陽がおっとりあたっている。山肌は、らくだか朝鮮牛の背中のように暖かそうだ。枯草色の冬の山は動物のように血が通っているようにみえる。

吉田の通りはしんとしている。手打うどん製造所「はなや」で手打うどんを六玉買う。「はなや」の店の奥は障子がたてきってあって、家族は皆こたつにあたっているのか出てこない。チャンチャンコを着た男が出てきて包んでくれる。

魚屋で。かれい一切れ百二十円。伊達巻と紅白のかまぼこが、もう並べてある。新しい光っているブリキのバケツが重ねて積まれている。バケツには蓋がしてあって「酢だこ」とレッテルが貼ってある。

Nマーケットで。大根一本二十円、みかん一キロ百五十円、牛乳六十円、卵十個、ニラ一束七十円、みそづけ一袋五十円、にんじん五本、玉ねぎ一袋、じゃがいも一袋六十円、春菊一袋三十五円、茄子一袋九十円、しょうが一袋三十円、キャベツ三十円、のり一帖二百五十円。

スタンドで。白灯油一罐四百円、不凍液一罐二千円。

燃料係の人来る。

「ここの風は巻いて吹いてくるから、煙突の位置が難しい。管理所のも風がつよいと逆流して、ストーブの上のやかんがとび上ったりして大騒ぎだ」と言った。ストーブの扱い方をよく訊いておく。

夜　かけうどん、ニラと卵の油炒め、春菊ピーナツ和え。

夜は冷えこむ。車のエンジンに毛布をかけに行く。厚い雲に掩《おお》われているが、中天に丸く雲がきれているところがあり、そこだけに星がキラキラ光っている。井戸の底に星をみているようだ。ときどき冷たいものが顔にさわるが、雪になりそうな気配はない。

昭和四十七年

三月二十八日
今年になってはじめて来た。花子も春休みなので一緒。雪が遅くまであったらしい。庭の松の枝は、幹のところから裂けて、折れているのが大分ある。隣りのおばあさんは「昨日から、やっとお天気になった」と言う。一昨日も、少し雪が降ったらしい。
管理所へ行って、植木屋を頼む。雪にやられた松の木の手入れと庭の道のくずれを整備。ついでに梅を一本、犬の墓の脇に移し植えることにする。丁度《ちょうど》今頃、木が眠っているときに移植するのが一番いいらしい。花が咲きはじめたり葉が出はじめたりしてからでは遅いのだそうだ。
主人「今年は草刈りだけする。松の枝伐りや、うんと力のいる仕事は専門家に任す」と言う。「力のいる仕事は花子がするから。花子は、馬鹿力と何でも食べるのが特技だから。草刈りも私が手伝うよ」。

らしい。

四月二十九日（土）　晴

うぐいすがよく啼いている。午後、吉田へ下る。主人も一緒に行くという。卵といちごを買ってから、思いついて明日見《*あすみ》村へ行ってみる。明日見温泉といっても鉱泉のわかし湯らしい。

陽があたって、ひっそりしている。ところどころの家から機《はた》の音が聞えてくる。子供が遊んでいる。車がきても、よろよろと道に出てくる。犬も出てくる。

速度を落して走っていると、一軒の家から出てきた年寄りの男が「——!!」と、何を言っているのか判らない、痰《たん》のからんだ罵声を車に浴びせて、向いの家に入っていった。

明日見温泉というのは、村の外れにある、新建材のこじんまりした民宿風の家のことだった。その先は山に入って行く道と狭い田畑があるだけだった。「お湯に入ってみる？」

主人は首を振った。道ばたの大きな石にこしかけて休んだ。眼をつぶって陽にあたった。

私も眼をつぶって陽にあたった。

夜　新キャベツとしその葉の塩もみ、ごはん（五目炊き込みごはん）、大根味噌汁、むつ煮付、あこう鯛煮付。

ごはんのとき「明日見の道で、じいさんに怒られたろう。イヤな気分だな。あんなことにあうと、しばらくイヤな気分だな」と言う。

＊一三五ページ。正しくは「明見」。（編集部注）

夜、花子のブラウスを縫う。

五月十日（水）　くもりのち晴

午前十一時、赤坂を出る。主人は「久しぶりに東名高速からいってみる」と言う。東名に入ると晴れてくる。足柄で弁当を買い、車の中で食べる。主人は便所に行く。なかなか出てこないので、車の中から男便所をみつめている。いつもの通りの主人が出て来る。一時過ぎ山へ着く。隣りは階下も雨戸が閉っている。もしかしたら、おじいさんが病院にでも入ったのではないかと思う。

この前タネをまいていった、ほうせん花、コスモス、ひまわり、ダリアが芽を出しはじめたところ。ぎぼしも羊歯《しだ》も出はじめた。

夜　麦ごはん、ひらめフライ、はんぺん清し汁、キャベツとアスパラガス、白菜酢油漬、プリンスメロン。

陽がおちかかるころ人声がする。おじいさん夫婦が帰ってきた。横浜の親類の葬式に行ってきたのだという。おばあさんは両手に持てる限りの荷物を提げている。おじいさんは首に風呂敷包を結わえている。醬油や野菜まで、下りたついでに買ってきたのだという。二人はいつもより燥《はしや》いだ風にして仲がいい。おばあさんは、ことに声を高くしてしゃべっていた。

夕方からストーブを焚く。

東京からもってきた朝顔、夕顔、松葉菊、カンナの苗をおろす。

五月二十四日（水）　晴

風がなく暖かい。雨があがって、小さな小さな虫が土から湧いたように地面すれすれに一杯とんでいる。畑にしゃがんで花の苗をみていると、眼の中に入ってくる。眼の玉の水にひたりと吸いついて眼の中で死んで、こすると眼尻から出てくる。朝のうちは、そればかりしている。

昨夜、私のねている寝台が螢《ほたる》で出来ているのだとわかった夢をみた。何だか青臭くてなま臭くてひんやりしているのだ。おしっこをしたのかなと体をねじ起して触ってみると、寝台はムニョムニョしているが、羊かんのように螢はまとまって四角くきちんとしている。お腹や手足まで見透かせるぐらいの暗いような明るいような明滅が息をしているように寝台から伝わってくる。体をねじ起したときみると、私のお腹の中には臓物が何にもなくなっていて、螢が代りに一杯入っているのが見えた。螢が食べちゃったのだ。私はそーっと動かないようにして元の通りにねた。

眼がさめてもお腹のあたりが気持わるかった。何だか縁起のわるいみたいな夢だから主人に話してしまう。「下痢してるんだろ。食べすぎだぞ」と主人は言った。

朝　ごはん、味噌汁、とりのハム、白菜ときくらげと桜えびの油炒め。

昼　うす焼、野菜スープ。

夜　ごはん、しらす大根おろし和え、ほうれん草とわかめのおひたし、トマト。

隣りには植木屋がきている。楓《かえで》を植えかえる話を庭でしている。「その楓は、つい此の間植えかえたばかりだのに」と、おじいさんは言っている。植木屋は庭に植えてある高山植物（これも植木屋がもってきたもの）を「東京だと五万円はする」と、おじいさんに言ってきかせている。

隣りの話声はいったん空に上って、それからうちの庭に入ってくる。はっきりと語尾まで響いて聞える。ほかには何の物音もしない。

月夜。夕方からピイーッ、ピイーッと裂くような声で啼く鳥は、夜になってもまだ啼いている。

山へ来る前の晩、電話でFちゃん〔私の友人〕が死んだとしらせがあった。Fちゃんはお腹にキノコのようなものが出来る病気で、それは手術してとっても、又出来るらしく、くり返しているうちに年をとって体がもたなくなって死んだとのこと。キノコは深海に生えている植物（?）のような極彩色のものだったらしい。お妾暮しばかりして結婚しなかったのは、その病気があるためだったのじゃないかと、電話してきた人は言っていた。F

ちゃんに黙禱、遥拝。そうか。Fちゃんのことが頭の中にあったので、あんな夢をみたのだな。

六月十二日（月）　雨、風つよし

朝、遅くまでねている。昨夜から今朝にかけて風雨はげしい。雨の日は、主人も朝早く起きない。昨日の兎の仔は、どこかの穴にもぐりこんで、うまくやってるかなあ。

朝　ごはん、紅鮭、大根おろし、白菜酢油漬、海苔。

昼　天ぷらそば（桜海老のかき揚げ）。

雨は夕方まで降ってあがる。

夜　ごはん、コンビーフコロッケ、いんげんとあぶらげ煮びたし（隣りからもらった）。

夜遅くまで起きていた。主人も昼寝を沢山したので、めずらしく起きていた。ロシア旅行の話などした。

ストックホルムの町の広場にある、ずらりと並んだよろず自動販売機は、衛生避妊具まで出てくる仕掛になっている。それをみつけた竹内さんは子供のように燥いで、そのあとずーっと「我が国における輸出用のと国内用のとの製造方法のちがい」について語り続けた。白夜。なかなか暗くなっていかない広場には三人のほか人影がなく、私たちは歩いたり石段に腰をおろしたりして、竹内さんの、語るというより講義という感じの話を、笑ったりまじめに質問したりして聞いたっけ。「また竹内さんと旅行したいなあ」と言うと、主人は素っ気ない調子で「もう、しないだろうな」と言う。

六月二十一日（水）　うすぐもり

東名高速の緑は夏らしくなった。タマは忍野の赤松林を通るころ、ハコの中にうんこをした。車をとめて、草むらにハコごと、うんこを棄てる。そのあとは気持よさそうに車の床にねている。

昼　ごはん、ハンバーグステーキ、じゃがいもうらごし、春菊ごま和え、きゅうりとしらす三杯酢、わかめ味噌汁。

吉田へ買出し。

魚千代で。いさき一本二百円、かます一本百二十円、かれい二切れ九十円。

いちご三百五十円、清菜一把二十円、ほうれん草一把四十円、きゅうり三本三十円、キャベツ五十円、トマト三個。

とり肉二百グラム二百円。

花屋で。カンナ八球四百円、べコニヤ六百円。カンナは残りで安くしてくれた。

乾電池二組二百四十円。

主人山へ来るとすぐ「ひかりごけ」のオペラのテープを聴いていたら急に聞えなくなったので、買出しのついでに吉田の電気屋へ持って行ってみてもらう。やっぱり電池がなくなっていたので取り替える。取り替えてくれてから、電気屋のおじさんはスイッチを入れて、しばらく聴いてみて、首をかしげる。

「こりゃあ歌かなあ。何だ？　バッテリーがわりいときに録音しただな。もう一度バッテリーを取り替えて録音すりゃあ、歌らしくなるで。もとの録音がわりいで」と、私に注意した。

帰りがけに、カンナをわけに大岡家へ寄った。

「武田が来なくたってビール一本位飲んでゆけ」とすすめられて、私は玄関から上ってしまった。ビールを一本御馳走になった。大岡さんは、主人の病気のことを訊かれた。こんな風、と話すと「『富士』のとき酒飲みすぎたな。しばらく何にもしないで休めばいいさ。少しよくなったら、ほんとはアメリカかなんかに二人で行って来るといいんだがなあ」とおっしゃった。「もう少しよくなったら、アメリカの田舎にいこうかしら」と、私はアメリカの田舎のことも知らないのに答えた。大岡さんは慰めるように私に言われ、私も笑った。「しかし武田はいいよ。年とったって、中国文学と仏教というてがあるからなあ」。

夕飯のあと、主人は急に「大岡のところへ行く」といいだした。私が、さっきビールを御馳走になって、こんな話をした、といったので、自分も行きたくなったらしい。猫を家の中によび入れて出かける。夕焼が少しして、気持のいい風が吹いている。白い月が出ている。また、ビールを御馳走になる。いろいろ、話をしているうちに大岡さんは主人をしげしげと見ながら、げらげら笑う。

「笑っちゃ悪いけど、おかしい。武田が糖尿病かあ。何だかおかしいなあ」。私もおかしくなって笑ってしまう。「俺だっておかしいや」と、主人も笑っている。

デデは、あんまり我儘でうるさいから東京においてきた、とのこと。

すっかり暗くなって帰る。とても楽しかった。月夜になった。庭をおりるのも明るい。ふざけながらおりる。

六月二十四日（土）　うすぐもり

朝　麦ごはん、かぼちゃ味噌汁、魚煮付、春菊ごま和え、きゅうりとしらすとわかめ三杯酢。

昼　ふかしパン、オムレツ、ほうれん草バター炒め、夏みかんゼリー。

夜　麦ごはん、なすしぎ焼、いんげんと肉とじゃがいも煮、わかめと玉ねぎサラダ、かぼちゃと小豆の煮たの、いか煮付。

午前中、二時間ほど、午後も二時間ほど、草刈り。

草刈りを少ししては休み、また草刈りをしていた主人、休むたびにテラスで罐ビールを飲みながらおせんべいをかじっている。一人言のように言う。

「俺、なんでトウニュウなんぞになったのかなあ」

「こーんな大きな茶碗に三杯ずつ朝昼晩、御飯食べたでしょ。その間におやつにパンを食べたでしょ。酒も沢山のんで、うなぎや肉の脂身食べるのが好きで、野菜や果物食べなかったでしょ。若いときからずーっと。それがたまって糖尿病になったの。運動しないで食べすぎ、のみすぎだとなるらしい。お医者さんがそういったじゃない。糖尿病になると血管がよわるたちの人と、内臓がよわるたちの人とあるって。とうちゃんは内臓はふしぎなほどわるくなくて、血管がよわって脳血栓の発作がでたって。糖尿病も軽いし脳血栓もごく軽くでたから、食事のカロリーを少なくすればいいって」

「カロリーって何だね」

「米のごはんだったら茶碗一杯が百六十カロリー。うどん一杯分はごはん二杯分。お餅だと二切れがごはん一杯分。肉でも野菜でもカロリーがあるよ。一日の食事を全部合わせて千六百カロリー位にしておくように献立して食べるの。カロリーのことばかり頭の中にあると気がへんになってくるから、いろんなものを食べすぎないように食べればいいんじゃない？　そのおせんべだってカロリーに入るよ。二枚がごはん一杯分かな。それはお米でできているから、はっきりしてる」

「えッ。これ、米でできてるのかあ？　ちっとも知らなかった。これも米でできてるのか？　茶色いから米じゃないと思ってた」

「茶色いのは醤油の色。おせんべ沢山食べてビール沢山飲むと、ほかのもの減らすよ」

もうすでにおせんべいを何枚も食べたあとだったからか、主人はめずらしくすぐ、おせんべいを食べるのをやめた。残りの罐ビールだけ飲んでいる。そして手の中にあった食べかけのおせんべいのかけらを、テーブルの上にぽとっと置いた。歯が入ったから、パリパリと嚙んで食べてみたいと長い間思っていた固いおせんべいを食べられるのが嬉しくておいしくて、毎日食べていたのだ。しばらくして、うっすら笑いながら「食べすぎると毒、のみすぎると毒、あの食べものは体にわるい――医者や新聞はいうがな。公害だから、この海の魚は毒、東京の空気はわるい――学者もいうがな。俺はそういうのはさっぱり判らん」

「……」

「生きているということが体には毒なんだからなあ」

私は気がヘンになりそうなくらい、むらむらとして、それからベソをかきそうになった。

夜、十一時半まで、タマが帰ってこないので食堂の硝子戸を少しあけて待っている。タマは耳を冷たくし、眼をしょぼしょぼさせて、何もくわえずに帰って来た。

昭和四十八年

四月二十六日（木）晴

今年になってはじめて山へ来た。雪はすっかり消えている。から松林は黄緑。富士桜が散りはじめている。

勝手のそばの富士桜が二本、まだ満開。今年はことに花が沢山ついて紅《あか》みがさしている。留守の間に隣りのおじいさんが開墾して、花畑をひろげておいてくれた。

止水栓が硬くて開かない。管理所に頼んで開けてもらう。旧式のこれは男手でも無理なときが多いので、新式の手動式の栓に取り替えてもらうことにする。

畑のコンフリー、苺、根みつばは、無事に冬を越して葉を出しはじめている。

雪で折れた松の枝が、高いところにひっかかったまま枯れている。

ストーブは石油ストーブだけで充分暖かい。

昼　麦ごはん、ゆばとわかめの味噌汁、キャベツの塩もみ、牛肉バター焼。遅く三時ごろ食べた。

今日は赤坂を出てから「熱海の方をまわってゆきたい。いい天気だから海でもみながらゆこう」と、主人が思いついたので、道を変え、小田原から熱海、十国峠、箱根をまわり、遊びながら山まで来た。海のみえる崖の上の食堂で、お刺身（主人）、いか丸焼（私）をとる。いかの丸焼は、年とったいかだったらしく、大きいことは大きいが、硬くて味がなく、ゴムを食べているようであった。食堂を出て、そのへんを歩いて海をみたりした。ちりめんのような細かな波が、見える果てまでキラキラ輝いて眩しい。眼の下から小さな舟が沖へ出てゆく。あんまり海が広いので、舟も男も小さく見える。少しも進まないようにみえる。そのくせ艪《ろ》をあやつる懸命な体や腕の動きはぜんまい仕掛のように正確にはっきりと見える。腰かけて海を見ていた主人はふらりと私の首に手をまきつけて寄りかかった。

「……うふふ。死ぬ練習。すぐなおる」と、ふざけたように呟《つぶや》いた。めまいはすぐなおった。

昭和四十九年

七月十五日（月）　くもり、暑し
朝　麦ごはん、味噌田楽、ささみつけ焼、きんぴらごぼう、紫キャベツ塩もみ。
昼　ざるそば。
夜　麦ごはん、まぐろ煮付、くこおひたし、かきたま汁。
主人、レコードをかけてばかりいる。映画主題曲全集。「ローズマリーの赤ちゃん」をくり返してかける。私はその合間に「ふるえて眠れ」をかける。「ふるえて眠れ」が終るころになると「今度は『ローズマリーの赤ちゃん』をかけてくれ」と言う。ねころんで聴きながら「こういう感じの短篇小説がかけたらいいなあ」と、ひとりごとのように言う。私は「とうちゃん、あたしが死んだらお通夜のとき『ふるえて眠れ』をかけておくれ。いる人皆で合唱しておくれ」と、負けずに言った。

〔附記〕　このあと五十一年夏になるまで、日記はつけていない。

四十四年の夏の終りから、武田は「富士」を書きはじめた。酒量があがった。それまでは酒屋へ罐ビール、瓶ビールを買いに行くことが多かったのが、ウイスキー、ブランデー、焼酎、ぶどう酒、様々な種類の酒を買いに行くようになった。若いときとはちがうのだから、いい酒を選んで、それだけを飲む方が体にいいと人からいわれても、うなずくだけで聞き流していた。胸の中では頑《かたくな》に首を振っていたのかもしれない。「いい酒のあと、安酒を飲む。がくんと酔い方がまるでちがう。その落差がいいんだ」と言った。四十六年末に患ったあと、武田は原稿を書く仕事をしばらく休んだ。ときたま対談に出るだけだった。この病気に山の寒さはよくないので、晩春から秋のはじめまでを山で暮すようになった。面倒くさがりで、私で済む仕事は私にさせていた人だったが、「富士」を書きはじめたころから病後は、ことさら、雑事を私に任せきった。このころから日記は短くて、大きな字だ。とびとびにつけたりしている。忙しくくたびれて、日記をつけるのが面倒くさくなったのだ。

四十八年の五月末に、ぽつんと二日だけある武田の日記は、二百字詰原稿用紙一枚に書いてあった。万年筆で三、四字書いてから、黄色いマジックペンで、そのかすれた文字を書きなぞり、それも書きにくかったのか、色が気に入らなかったのか、黒のマジックペンに替えて書いてある。それが日記帳にはさんであったので、ここに書き写した。＊

病後、右手が少し不自由になり、判読しにくい文字を書いてしまうのをイヤがり、人様に読んで頂かねばならないものは、私が清書するか口述筆記をしていたが、自分のための心憶《こころおぼ》えのものは自分で書いていた。ボールペンや万年筆は手に力がいるので、フエルトのマジックペンや4Bの鉛筆をとがらせて使っていた。

日記をつけなかった山の暮しの日々には、どんなことがあったろう。いつの年とも同じように、雪が消え、ものの芽が吹き、桜が咲き、若葉となる。待ちかねたように山へ来る。武田は日光浴をし、草を刈り、罐ビールを飲み、本を読んだりテレビをみた。七月に入ると嬉しそうに言った。「さあ、今年もうるさい大岡がやってくるぞ」「大岡のやつ。もう来てるかな。一寸《ちよつと》行ってみてきてくれ」。大岡さんがしばらくみえないと「どうぞ遊びにきて下さいと言ってこい」などと――やっぱり、こんな風に暮していたのだ。私は湖に泳ぎに行かなくなり、庭先の畑や門のまわりに夏咲く花ばかり作った。その熱心さを気ちがいじみていると武田は笑い呆れていたが、朝や夕暮れどき、ながい間花畑の中にしゃがみこんで、花に触ったり見惚れたりしてくれた。喜ぶ風を私に見せてくれた。

言いつのって、武田を震え上るほど怒らせたり、暗い気分にさせたことがある。いいようのない眼付きに、私がおし黙ってしまったことがある。年々体のよわってゆく人のそばで、沢山食べ、沢山しゃべり、大きな声で笑い、庭を駈け上り駈け下り、気分の照り降りをそのままに暮していた丈夫な私は、何て粗野で鈍感な女だったろう。

＊一四八ページ。『富士日記』昭和四十八年五月の所に記されている。（編集部注）

昭和五十一年

七月二十三日（金）　くもりのち晴

一週間前に日帰りで来て、夏の荷物を半分置き、家の中に風を入れた。一週間は雨模様で、その間に東京で「海」の原稿を仕上げて二十二日に渡した。今日、タマを連れて夏の山暮しをはじめに来る。今年からは赤坂の議事堂前から車を高速に乗り入れ、そのまま直通で河口湖まで来られるようになったので気が楽。でも時間はあまりちがわない。花子と岩岡さん〔赤坂のアパートの管理人〕、車のそばに立って見送る。東京ははじめての真夏の空で、東京に居残るこの人たちは気のせいか、ぼんやりとしてみえる。町を歩いている人も気が抜けたようにみえる。談合坂のドライブインでシューマイと幕の内を買う。六百円。今年は隣りのTさんも留守番がみつかったらしく、家を開けている。庭には赤いなでしことデイジー、マーガレット、つりがね草、あざみ、のばら、月見草が盛り。

昼　買ってきた弁当。

夜　ホットケーキ、スープ、グレープフルーツに蜂蜜かけ。

午後から台所の戸棚を開け放して棚を拭く。すべて、カビとねずみの糞がついている。タマは実に幸福そうに出たり入ったりしている。今年も山に来られてうれしい。三人ともうれしい（二人とネコ一匹）。

八月二日（月）　晴

魯迅《ろじん》文集の原稿を速達。「海」村松さんに八月は休むと電話。すぐ快く承諾して下さる。岩波、海老原さんに岩波講座「文学」のシメキリを二十五日までのばしてもらう電話。富士吉田の電話局の前の青電話ボックスに入ると一通話かけている間に、蒸し風呂に入っているように息苦しくなる。あとは局の中の赤電話を使う。

夕食　麦飯、天ぷら（きす、桜えびの天ぷら、野菜精進揚げ）。

きすの天ぷらがおいしいと主人いう。精進揚げも沢山食べる。「海」を休めるし、その上、「文学」のシメキリものばせたので、ゆっくり陽に当ったり、草刈りしたり、仕事に入るまで本を読まないで、好きにしているのだという。天ぷらを食べながら言う。

イトーヨーカ堂で、高枝切り二千二百円、軍手（ゴムびき）二百五十円、軍手（六足）千九百八十円。

高枝切りが手に入ったので竿の先につけて、高いところの伸びすぎた枝を払う。「これがあれば今年も植木屋を頼まないで自分で伐れるからね。雪がきても折れないように、重そうな枝は今から伐っておく。来年は大岡さんのうちもあたしが伐りに行くからね」と、陽が沈むまで高枝切りをかついで庭中を上ったり下りたりして枝を伐りまくる。主人仕事部屋の窓から見たり、テラスに出て見たりしている。そして「トラ公、大活躍の巻」と言う。「あんまりはしゃいでやり過ぎるとまた首が動かなくなるから、そのへんで今日はおしまい」と注意される。夜になったらもう痛くなってきた。

八月四日（水）　雨ときどき晴

夜明け、二階の私の寝室の雨戸が閉っていないのではないか、と主人上ってきて閉める。「トラ公、やっぱり首が痛いか」といって、困ったように私の頭を長い間撫でている。

一日中、雨は降ったり少し晴れたり。花子が今日来るかもしれないので二階の部屋掃除。夕方、雨のはれまに高枝切りで松の枝などおとしてみる。ついでに山椒ののびた枝もおとして丸く刈る。夜になってゴミ棄てに来ると暗い茂みの山椒のあるあたりに山椒の匂いが漂っている。伐った枝が道にちらばったのか、道もずーっと上の方まで山椒の匂いが漂っている。山椒の芽をつむときは口をきいてはいけないというが、山椒を夕方伐ってはいけなかったかな。あまり強い芳香が庭中を流れていると、それに庭はまっくら闇なので不吉な感じに襲われるのだ。

花子がもし最終のバスで来て上ってくれば、八時頃となるので、二階と納戸と台所に灯りをつけ放して、庭の道が少し明るいようにしておく。テレビのお国自慢なんとかという番組で名瀬からの放送をやっていた。名瀬の少女が沖縄の歌を歌ったが、利発そうな美しい顔だちと礼儀正しいふるまいと真直ぐに向いた光る目が、ミホさんの少女の頃はこんな風だったろうと思わせた。

主人「花子今日は来ないね。一体いつ来るんだ」と何度も言う。

八月八日（日）　くもり時々晴　涼し

朝からうぐいすがよく鳴いている。もうすっかり鳴きかたが老成して名人の境地に入ったらしく、ゆっくりひきのばして声をこもらせてから、お終いのところでくるくるっと丸めて終らせたり、ふるわせたり自由自在である。

朝九時三十五分の新宿行きのバスで花子が帰るので、主人と二人で河口湖駅まで送る。そのあと「朝霧高原に行ってみるか」と言うので、日曜の重なったお盆の入り（?）らしく車の往来の激しい街道を走る。主人かんビールをのんで上機嫌。しばらく来ないうちに朝霧高原のあたりは食堂、モーテル、別荘など大分建った。いつのまにか出来ていた富士宮へ出る有料道路も通ってみて引き返す。新しいドライブインが沢山出来たので、前からあった、雉《きじ》など育てて肉なべ料理やそばを売っていた田舎家風の食堂は、ペンキがはげて古ぼけて、客が全く入っていない。ここは富士が真正面に見える。新しく出来たての頃ここに来たら、丁度林武さんが画架をたてて絵を描いていた。実に暗い憂鬱そうな顔をして眼が真っ赤だった。画架の絵は前にみたことがある林さんの赤い富士山の絵と同じような絵で、無理矢理に連れてこられているような感じであった。林さんは「この附近に土地も持たされている」と言うような話を小さな声でされた。「あれから少ししか経たないで林さんは亡くなったような気がするけど」と、車の中で主人と私は話す。

午後、二人とも草刈り。三時頃足を洗って、鮭の燻製半分と中国王宮風焼肉のたれを持って大岡さんのところへ。外へ出てきたデデは元気がない。耳の手術をしてから顔が曲ってしまったのだというが、歩くとき首をかしげているから、バランスがとれないのかもしれない。「今年の夏でデデも終りだよ」と大岡さんは言われる。デデは食卓の下に横になると、すぐイビキをかいてねてしまう。大岡さんは心臓弁膜症がみつかり、心臓病の本を一冊読破して研究してしまわれたそうだ。心臓の病気から、肺に水が溜る症状がでたらしい。

「俺もあと五年だな。五年だということが判った」と元気よく言われる。「どうして大岡はそう次から次へと病気がみつかるのかなあ。群がり起るという感じだなあ。俺みたいに脳血栓一本槍にきめとけばいいのに」と、主人は言う。ビールを御馳走になった。大岡さんは「今年は二廃人一廃犬」とおっしゃる。「二廃人一廃犬二附添婦」と、奥様と私は笑った。主人は大岡さんのところへ遊びにきて嬉しそう。帰りの車の中で「肺に水が溜る病気なんてあるのかなあ。また少し経つとちがった病気になってるにきまってるよ。俺なんて脳血栓にまとめてます」と、またはしゃぐ。

夜、太閤記十段目をみながら、陽やけしたワンピース裏返しのため、ほどく。

八月二十八日（土）　くもり時々晴

雨が上って蒸気が一面に立上り、地面がなまあたたかい。庭の山百合咲く。やっとダリアが次々に咲き出した。主人「今年から毎日新聞の出版文化賞銓衡《せんこう》委員を辞めよう。自分の仕事だけでせい一杯だからな」と、考えていたあげくのようにつぶやく。すぐ毎日新聞社へ辞退の手紙代筆、速達で出す。海老原、都築両氏へ濃霧の晩の御礼の葉書。

イトーヨーカ堂へ買出し。携帯螢光灯というのを買う。二千九百八十円。これは颱風などで停電したときも、本を読んだり字が書けるスタンド級の明るさがあるそうだ。ジープで曳いてもらったお礼に管理所へお菓子を届ける。八月の最後の土曜日、高原のあちこちでかん高い子供の声が聞える。夕方からはどこかで屋外パーティーをやっているらしく、酔払いの大声が聞える。課長か何かの悪口をいっている。まっかな夕焼を久しぶりに見た。

新潮社パーティーのときの写真（開高さんと写っている）が送られて来た。「俺、やせたんだなあ。洋服がぶかぶかで天皇みたい」と何度も写真を眺めて言う。秋から和服きて会に行こうかなあ、と言う。「島尾さんのミホさんから頂いた大島紬《つむぎ》が揃っているから、大丈夫だよ。でも着物きたら草履はかなくちゃダメ。前に着物きて出かけて行くのを見た人が、武田さんがさっき歩いていったけど、何だか変だと思ってよく見たら、靴はいていましたよ、と私に教えてくれたんだから。着物で靴はくと神主さんみたいなんだから」と言うと、「草履は足がすべって前に進まないからめんど臭い。靴がいい」と言う。ときどき、不安が一杯の、手探りだけの、ざるで水を汲み続けているような私。

八月三十日（月）　今日も雨

夜、花子に電話しに行く。花子、木か金にバスで来る由。雨が降るとめちゃめちゃにさびしい。主人がねている部屋のこたつに入っていて「さびしいなあ」と言うと、ねたまま「さびしいなんていっちゃいけない!!」と力のある声で叱るように急に言う。毎年夏の終るころは、夏の好きな私は「さびしい、さびしい」と滅多やたらにいっている。私がさびしいと訴えると「うまいものを腹一杯食べて、うんこをしてねておしまい」「ねると忘れるから早くねろ」などと、いつもは言うのに。やだねえ。

ミホさんに手紙を書いてみて、またやめる。三月の反物の御礼がまだ書けない。

九月八日（水）　くもりのち雨、夜、風雨強し

主人、朝起きてきて、明日帰ると言う。テレビで、当分天気がわるいといった、と言う。午前中、一寸陽が射した。タタキに椅子を出して日光浴をしながら眼をつぶったまま、「しかし、この天気はすぐわるくなる」とつぶやく。私は順々に荷物をまとめ、何回も車に運び入れる。管理所にゴミを棄てに行き、東電に電話してもらって、雪のくる前に外の電線の外れたところを直しにきてもらうように催促しておく。ネズミの食料としてセッケンを三個あちこちに置く（ほかのものをかじらせないために）。荷物は全部車に納まった。最後のトランクは重いので紐で背負って上った。

夕食前、花子に電話、急に帰ることにしたと告げる。そのあとタマを連れて今年の夏の最後の散歩。遠くまで行く。夜になって雨。大型颱風が奄美大島まできているらしい。主人、右肋骨のところがこっているといい、トクホンをはる。コーヒーを飲みすぎたのと、雨戸を閉めるとき体をひねったせいだと言う。すぐ治ると言う。

今年の夏も無事に終った。だんだん夏が短くなるように思える。

今日、私が雨に濡れて戻ってきて、台所の床で滑って溜息をついたら、「お帰りなさい。ご苦労さん。俺、何にも手伝えないから、トラが一人で大活躍」などと、ねぎらってくれるのだ。あの人は食堂の椅子に腰かけてこっちをみながら。そんなことは言わなくてもいいのに。私は一人でこうしていると、のどがつまってくる。

九月九日（木）　大雨、風、嵐の如し

颱風は今夜、四国九州の方にくるらしい。

雨風の中をもう一度ゴミを棄て、管理所に新聞代を払い、冬の間のことを頼む。タマと主人を乗せて、水中を潜って走っているように東京へ帰る。十一時。主人、かんビール一本抱えて少しずつ飲みながら、水の中のような外の景色を見ている。石川のドライブインで主人便所。トラックがひるどきで沢山停っていて、便所から遠くにしかとめられない。雨が上ったから一人でゆけるといい、一人で歩道を歩いてゆく。後姿が軽くふらふらして見えたが、帰りはにこにこして、へそまん二折り買って先に乗りこんで来る。今年の夏の終りは嵐で、急に帰ってきたせいか、何故かあとをふり返りふり返り、二人で暮した夏をふり返りふり返りして、車で走って東京へ帰ってきたみたい。管理所の人たちは「どうして急に帰るんですか。颱風はそれるらしいのに。いつもはもっと長くいられたでしょう」といった。私は「また、お彼岸の頃に一度、それから来られたら十一月のはじめ頃までに、紅葉をみに来るかもしれない。日帰りでね」といった。

〔附記〕今思えば不思議なことに、五十一年の夏はほとんど欠かさず日記をつけた。武田は、私に日記をつけてみろとよくいったが、ものを書くのがイヤな私は家計簿すらつけなかった。山小屋を建ててからは、山にいる間だけでも日記をつけてみろといわれた。〈その日に買ったものと値段と天気とでいい。面白かったことやしたことがあったらそのまま書けばいい。日記の中で述懐や反省はしなくていい。反省の似合わない女なんだから。反省するときは、ずるいこと考えているんだからな〉といったりした。山にいる間だけ、ということにして、使い残しのノートや有合せの日記帳にぽつぽつ書きつけた。そんなノートがいつのまにか十冊ほどたまったころ、「富士」を書き終えて武田は患った。その後は私は日記をつけず、ときどき、いわれると二、三日つけてやめた。武田は、四十九年あたりから、めまいは残っていたが仕事をしはじめ、病を飼馴らしたようにみえてきた。自分でもそういっていた。私の方も一昨年より去年、去年より今年と一層丈夫になっていたので、体力が余っていて日記をつけはじめたように思う。

「今年の夏も山に行っていて、草刈りなどして機嫌よくしていたのです。よく食べて」などと、死後お悔みにおいでの方に話したりしていたが、いま読み返し、書き写していると、機嫌よくしていたのではなく、衰えてゆく体をじいっと我慢して頑張っていたのだと、胸が痛い。私が抱きかかえて、そのまま死なせてしまったという思いで一杯です。

帰京してから一週間ほどは、テレビをみたり、うなぎなど食べたり、洋服屋をよんで寸法をとって誂《あつら》えたりした。九月十六日の谷崎賞銓衡委員会には、午前中まで出るつもりで、本を読んでいた。そのあとは床につき、それからは、いつも床のそばに私はいるようにした。眠っている間は何をしたらいいか、気分がざわざわするので、また、日記をつけはじめた。

九月十四日

裏の氷川様の祭礼。今日と明日。今年は陰まつりだからお神輿《みこし》は出ず、盆踊りと夜店が出るだけ。主人「お祭りだから、皆でうなぎとって食べよう。花子も百合子も食べろ」と提案し、異議を申し立てられないように、先に怖い眼をして私をみる。どさくさに紛れてうなぎを食べてしまおうとしている。「とうちゃんのお父さんも伯父さんも、うなぎを食べたあと、ころっと死んじゃったんでしょう。毒のものはおいしいねえ。白米も毒だからおいしいねえ」と言いながら、主人の分も少しとって食べる。やっぱりうなぎはおいしい。東京のうなぎはおいしい。花子はゆかたを着て、盆踊りに行く。また、今年も「怪獣音頭」をやるらしい。花子が行ったあと「だるいから俺は行かない。留守番しているから百合子も行ってきていい」と言う。八時半頃、氷川様に行く。おみくじをひいたら「おおなむちのみこと」の吉と出た。仲よく心を合わせれば難事も解決、と当りまえのようなことが書いてある。盆踊りをしばらく佇《た》って見ていてから戻る。氷川様の向いのアメリカ大使館の官舎の西洋人男女子供がゆかたを着て、沢山きていて楽しそうに踊っていた。花子は終りまで踊り狂って帰ってきた。

九月十六日

階下の長椅子にねころんでいる。「トクホンはったら薄紙をはぐようによくなった」と、朝、私に言う。午前中は、谷崎賞銓衡委員会に出るといっていたが、塙さんから電話がかかってくると、『やっぱりやめておく』といってくれ」と言う。欠席の旨告げる。大岡さんへ電話して、主人の伝言をする。

弟とF先生、夜九時半に来る。「肝臓がはれているから安静にねていた方がいい。病院に入ってゆっくり養生なさって、ここ何年もしていないのだから綜合検査もついでにうけられておくといい」と主人に言われる。そのあと、花子に主人のそばにいて貰い、F先生に夜食を差上げてくるからといって、弟と近くの食堂に行く。「私は専門外の医師ですし、触診だけだから。綜合病院で検査をしてもらった上の診断で申上げた方がいいと思うが」と、実に遠慮深げにF先生は話して下さる。最悪の予想では、ガン、肝臓ガンが相当進んでいる、とのこと。もしそうだったとしても、このことは奥さんだけで、御主人やまわりの人に知らせない方がいい、といわれる。「肝臓ガンは苦しみますか」ときくと、「肝臓ガンは苦しみませんよ」とおっしゃる。

帰ってきて花子に「決して誰にもいわないで、おとうさんにもわからせないようにして、これからずーっと思う存分看病しよう」と話す。弟は二階の主人のところへ行って、毛沢東の話などしている。主人は書斎の机の前に坐ってタバコをふかして笑って愉快そうにしている。午前四時頃ねる。

九月十七日

上田内科に病室をおねがいする。〈特別室でも何でもいい。空き次第入院したい〉と話す。S先生から折返し電話頂く。今、満室で、手配してあるが、二日ほど待つようになるかもしれないという。その間の養生について話して下さる。安静にしているのが大切だとのこと。消化のいいもので食べたいものは何でも食べていいとのこと。

昼　柔かい御飯一ぜん、牛肉うす切り一切れバター焼、トマトときゅうりといんげん少しずつ。

夕　りんご半分、バナナ半分、ぶどう五粒、ベルのケーキ一個。とてもおいしいという。

午後九時頃、浣腸して、とてもいい便が出る。気持よくなったと言う。「しびんと携帯便器を買ったから、便所へ行かなくて出来るよ」と言うと、いやそうな顔をした。陽があたっているとき、テラスの寝椅子まで出て日光浴をした。

九月十九日（日）　晴

午前十時F先生より電話。〈十一時に患者が済み次第、出かける〉と。注射と聴診と触診。「静脈など柔かいですね。硬化はなくて若い静脈ですね。低血圧の方ですね」といわれる。信濃町駅まで車でお送りする。青山通りは青山斎場からの帰りの喪服の男女が三人五人と歩いている。交叉点の向う側には秋祭りの神輿の行列が通っている。信号で待っているとき、それをぼんやり見ている。

紀ノ国屋へ行って、かます四枚、かれい一枚、牛肉少々買う。

朝食昼食兼ねて　かます一枚、おかゆ一杯、糠漬《ぬかづけ》、大根ときゅうりと大根の葉の刻んだの。

床の上に起きて食べると言う。糠漬がおいしいと言う。入歯を外してねていて、ときどき、大きなあくびをする。眠い上にまた、眠たいらしい。入歯とめがねがうっとうしいらしく、とってみたり、はめてみたりばかりする。

夜、そばがきが食べたいと言って、つくると少し食べる。

よく眠る。

九月二十日（月）　くもり　むし暑い

朝、私が便所に入っていると、ドタンと音がしたので、寝室へ急いで行ってみると主人が這ってテラスへ行きかけたまま、くず折れている。そっと抱きかかえるとそのままになって、足を投げ出して抱かれている。じいっとしていると、ふざけたように顔をこすりつけてくる。顔は笑ったまま、眼はとじたままにして。黄色い顔をしている。口の中で何か言っている。「意識がこん濁しちゃうんだ。どこにいるのかなあ」と言っている。足が少しふるえている。じいっと抱いたままにしている。しばらくすると「もう大丈夫」としっかりした声で言う。花子をベルで呼び、二人でベッドへうつぶせに上げ、それから静かに静かに仰向けにする。ふとんをかけると、そのままね入ってしまう。

嶋中夫人に電話。嶋中さん、出先からすぐ電話を下さる。一時に斎藤先生と見舞に行くといって下さる。斎藤先生よりすぐ電話。「肝臓がはれている。病院は申込んである」と、症状と経過を話す。主人は落ちついたらしく腹がすいたと言う。

朝食　おかゆ、かれい煮付、糠漬の刻んだの、かつおぶし、はんぺんのおすまし。ねたまま食べる。はんぺんがおいしいといいお代りする。

嶋中さんと斎藤先生、一寸お見舞にきた、と主人にいって下さり、斎藤先生が診察して下さる。斎藤先生はにこにこと明るい顔で注射して下さる。「肝臓ですね。ゆっくり養生なさればいい」とおっしゃる。「病室が空くまで、家にいて起きて動いたりするとますますだるくなるから、赤坂病院に入って待ちますか。一カ月も二カ月も病室があくのを待っている人が、そうしていますよ。一週間ほどで病室がとれればとても早い方ですが、御心配だったらそうなさい」とおっしゃって下さる。

嶋中さんと斎藤先生が、アパートの大玄関まで出られたとき、私があとを追いかけるようにしてお見送りの御あいさつをしにゆく。

「先生、やはり肝臓がわるいのですか」と訊くと、「は。肝臓ですね。はれています」とおっしゃる。そしてお二人とも「お大事に」とおっしゃる。嶋中さんはとても深くおじぎをなさる。車にのられた窓のところまで行って御礼のおじぎをすると、嶋中さんは私の顔を見ないでおじぎされる。

夕方　白桃のかんづめ半分切り一個。

食べてから「桃ばかりでなく、いろんな果物の入っているのがいい」と言う。花子すぐ明治屋に買いに行く。そのとき、さし込み便器も買う。夕方、眠たいけれど眠っていないみたいだから眠れる薬がほしいという。斎藤先生に電話すると「眠り薬の入ったものは肝臓にはよくないから、ビタミンCをのませてあげてくれ。トクホンがはりたければトクホンをはるのもいいですよ。沢山はると気分がいいでしょう」とおっしゃる。

「トクホンをたーくさんはると気分がいいんだって。はってもいいんですって」と言うと、主人は得意そうに笑って、「一枚や二枚はってたからダメなんだ。ぺたぺたぺたぺたはってくれ。やっぱりトクホンがいいんだな」と言う。

夜二時頃まで、だるいというところをさすって、話をして笑ったりする。

「とうちゃん、今度は前に入った病室みたいに外の便所へ行かないですむ、便所つきお風呂つき、特等室に申込んだよ。私もずーっとそこで一緒に暮しちゃう。花子もついでに連れて行って、ここに住んでいるのと同じに暮そう。それでないとすぐ一週間位で前のように帰りたくなって逃げだすから。あの病院にはおいしい食堂もついてて、チーズトーストなんかおいしいから、私はそれを食べて遊んで暮すよ」などと言うと、黙ってきいている。臼井吉見《うすいよしみ》先生から毎年頂く「すや」の栗のお菓子が昨日着いたので、見せる。「食べる?」ときくと、「いまはいい。二人で食べろ」と言う。花子と私と一杯食べる。隣りにもおわけした。

九月二十一日（火）　くもり

朝九時半　おかゆ一ぜん、かます干物一枚、キャベツ糠漬、かつぶし、清《すま》し汁はかつおだし、半ぺん半分の実。

今日も清し汁の半ぺんをおいしがって食べる。今日はねたきりで口の中へ養う。食べ方がうまくなった。

毎朝、起きて顔をみると、少しずつ小さくなるみたい。ことに耳がほんの少しずつ薄く小さくなってゆくみたい。ひる頃病院より電話、明朝九時半に入院できるという。うれしい。東京寝台に電話。九時に赤坂へ着くように手配。中央公論より男手二人をまわして頂くようにおねがいする。斎藤先生に電話、今日一日待遠しいので、適当なお薬を頂けたらとおねがいする。花子赤坂病院に薬とりに行く。帰ってきて「おかあさん、病院って混んでるのね。薬とりにきている人や診察の人で満員。私だけ早く薬を作ってもらっているから、皆すごい眼付で私のことにらんでいるの。リンチにあいそうなふんい気よ」と言う。今日一日なので赤坂病院へ仮入院せず待つこととする。あちこちに動かさない方がいいと思う。

竹内家に電話。五時半か六時頃、竹内〔好〕さん、埴谷《はにや》〔雄高《ゆたか》〕さん来て下さる。九時頃までベッドのまわりに私と三人坐り、楽しそうに話をする。

今朝私が起きるとすぐ、中央公論と岩波の結婚式に招《よ》ばれて行った夢をみたと、ふきだしたりして笑いながら、くわしくおかしそうに話をしてくれた。仰向けにねたきりなので、ところどころききとれなかったが――。その夢の話を、竹内さんと埴谷さんが坐るとすぐまたして、とても元気そうに笑う。おすしをとって隣りの部屋に行って三人で食べていると、すしが食べたいという。自分たちばかり食べていて、と怒る。大急ぎで一人前またとって見せると納得して、そのうちから、かっぱ巻き一つといかを醬油をたっぷりつけて、口に入れてなめる。ついに二つ食べてしまう。すると大へんな御機嫌となり、また四人で話す。そのうち、かんビールくれというので皆啞然とする。「今日は誰も飲んでいないよ。よくなったら飲もう」と竹内さんがいうと、湯呑みにビールいれて三人だけ飲んでいるという。「かんビールをポンとぬいてスッとのむ」と、手つきをして繰り返してねだる。「かんビールをポンとぬいてスッとのむ。簡単なことでしょう。かんビールくれ」と言う。私が「ダメ」と言うと、「いつのまにか権力者のような顔しやがって」とにらみつけ、埴谷さんたちに向って「この女は危険ということを知らないんだから。前へ前へ暴走するんだ。俺はずーっと心配で」などと言う。あとはよく判らない口調だったが、今年の夏、山で霧の晩に酒に酔って車を運転し、危《あやう》く横転しかけたときのことを話しているらしい。

御二人が帰られても上機嫌は続き、花子と私相手に「かんビールをポンと……」をくり返し、手つきをし、ねだる。ダメと言うと「それでは、つめたいおつゆを下さい」と言う。花子「ずるいわねえ。それもやっぱりかんビールのことよ」と笑う。それからまた「かんビールを下さい。別に怪しい者ではございません」と、おかしそうに笑い乍《なが》ら言う。私と花子が笑うと、するとまた一緒になって笑う。

そのあと、薬（殆ど消化剤とビタミンC）をのんで、せいせいしたように眠りに入った。私と花子、起きて明朝を待つ。向いの丘の新築のマンションに、いつまで経っても灯りが煌々《こうこう》とついている部屋が二つあって、部屋の中の椅子や道具まではっきり見えている。人が立ったり歩いたりするのも見える。眠くなりそうになると、その部屋をみつめて夜が明けるのを待った。夜中ずっと雨が降って、風もつよくなった。朝になると風はやんで、小ぶりの雨だけになった。

『ことばの食卓』より

枇杷

枇杷《びわ》を食べていたら、やってきた夫が向い合わせに坐り、俺にもくれ、とめずらしく言いました。肉が好きで、果物などを自分から食べたがらない人です。

「俺のはうすく切ってくれ」

さしみのように切るのを待ちかねていて、夫はもどかしげに一切れを口の中へ押し込みました。

「ああ。うまいや」

枇杷の汁がだらだらと指をつたって手首へ流れる。

「枇杷ってこんなにうまいもんだったんだなあ。知らなかった」

一切れずつつまんで口の中へ押し込むのに、鎌首をたてたような少し震える指を四本も使うのです。そして唇をしっかり閉じたまま、口中で枇杷をもごもごまわし、長いことかかって歯ぐきで嚙みつくしてから嚥《の》み下しています。歯ぐきで嚙むということは顔の筋肉を歯のある人より余計上下させなくてはならないので大へんなことです。唇のはしに汁がにじみます。眼尻には涙のような汗までたまっています。

そうやって二個の枇杷を食べ終ると、タンと舌を鳴らし、赤味の増した歯のない口を開けて声を立てずに笑いました。

「こういう味のものが、丁度《ちょうど》いま食べたかったんだ。それが何だかわからなくて、うろうろと落ちつかなかった。枇杷だったんだなあ」

徹夜をしたあと、いましがたまで書いていた原稿があがったところでした。長椅子に横臥《おうが》して、枇杷の入った鳩尾《みぞおち》に手を置いて、柔らかい顔つきになって、すぐ眠りはじめました。

どうということもない思い出なのに――。丁度食べたかったものを食べていたりすると、梅雨晴れの午後のその食卓に私は坐っています。

あの手の形は……、父親ゆずりなのだと、言っていました。もの書きの手というより、篤実な農夫か、田舎寺の坊様の手なのかもしれない。節が高くて短い指は、先がばち形にひらいていました。緊張すると手が震えるのは小学生の頃からだ、と言っていました。だから、ものをとり押えようとすると、ことさらかまえて蝮指《まむしゆび》になるのです。しがみつくように万年筆を握りしめ、書物を繰るときは、先《ま》ず按摩《あんま》のように撫でまわしました。

皺《しわ》ぶかくニス色をした手の甲が柔らかくて、白い掌や指先が湿っていて「ゴムみたい。黒ん坊みたい。吸盤があるみたい」と、私はいつも思っていました。

向い合って食べていた人は、見ることも聴くことも触ることも出来ない「物」となって消え失せ、私だけ残って食べ続けているのですが——納得がいかず、ふと、あたりを見まわしてしまう。

ひょっとしたらあのとき、枇杷を食べていたのだけれど、あの人の指と手も食べてしまったのかな。——そんな気がしてきます。夫が二個食べ終るまでの間に、私は八個食べたのをおぼえています。

牛乳

長火鉢にかけた土鍋の中を、おばあさんは見つめて待っている。牛乳に膜が張ってくる。チカチカと皺が走ってきたとき、骨太い人さし指で皮をついてひき上げ、開けた口をもっていって、ずるっとしゃぶる。「ほんとは、ここが一番のクスリのところ」そう言ってから湯呑に注ぎわける。私と二人の弟は、お風呂から上ると牛乳を飲まされる。

やっと歩けるくらいのときに、夜店の腐ったアイスクリームを食べて死にかけてからのことだそうだ。私は何かにつけ、やたらと吐く。吐いて気が遠くなってしまう。小学校へ上ったら、要注意虚弱児童に指定されて、身体検査のたびに学校から手紙を持たされる。で、おばあさんは、やかましく私に牛乳を飲み干させる。

私のお湯呑は、茶色の馬が二頭走っている絵が描いてあった。緑色の雲だか草だかも描いてあった。緑色の部分だけ、つるつると少し厚ぼったかった。馬と馬の顔の間にあたるところの縁《ふち》から牛乳を飲め、とおばあさんは言う。そうすれば丈夫になって吐かなくなり、肥る、と言う。

牛乳を飲んでから、お風呂に入ったら、むっとこみ上げてきて、湯舟の中を白濁させたので、湯上りに飲むようになったのだけれど、それでも、やっぱり、むっとする。やっとのことで飲み干したあとも、しばらくは、のろのろと、湯呑の馬の絵を指でなぞったりなどしている。乾きかかった湯呑の中を嗅いで、お尻の臭い、と思う。

次の日、おばあさんは空瓶に水をさして振り、お米のとぎ汁や卵の殻と一緒に、庭の植木にくれてやる。おばあさんは毎年、朝顔の種子をまいて、鉢植の大輪を沢山咲かせた。秋の末に出来た種子を紙袋に包み、長火鉢の上から三番目の引出しにしまった。その引出しには、虫下しの薬、肩凝りの「妙布」という名前の膏薬《こうやく》、もっと引出すと奥の方に、誰かのへその、そのおなのだという、黒茶色の死んだ虫のようなものも、けば立った紙にくるまって入っていた。

引出しのついた側の長火鉢の前は、おばあさんの場所で、引出しのない側が、父の坐る場所だった。長火鉢の前に坐っている母の様子は浮んでこない。病死した母の代りに私たちを育ててくれる、この遠縁のおばあさんが、いつも坐っている。つれあいに早く死に別れたあと、一人娘も亡くしたおばあさんが、事細かに繰り返す仕方話《しかたばなし》は、娘が生れたときと死んだときのことばかりだったから、私は朧気《おぼろげ》に、赤ん坊は固いうんこみたいに生れるのだ、と考えていた。

牛乳配りは、坂の下の木橋のまん中に自転車のスタンドを立て、少し汚れたズックの大きな袋を提げて、坂を上ってきた。台所の窓にはまった桟の間から、三本、白手袋の手をのばして差し入れる。洗い晒《ざら》したピケの白帽子をかぶっていた。

耶蘇《ヤソ》教の信者で、牛乳配りをしたあとは部屋の中で本を読んでる、だからお金がない、あの年でおヨメさんがいない、——牛乳屋についてのこんなことを私はどうして知っていたのだろう。大人たちが話すのを聞きかじっていたのだろう。あの年、といったって、いくつぐらいなのかは、私はわからないのだ。

「嬢ちゃんは……？」私をよび出して、牛乳屋は窓越しに、いろいろなものをくれた。

胸のポケットから名刺大のカードをくれる。よく肥った金髪の西洋の子供が可愛らしい服を着て跪《ひざまず》き、手を合わせている頭上に小鳥が飛んできている情景。背中に羽の生えた西洋の子供が遊んでいる情景。全部、西洋人、西洋の景色が淡い美しい色合で描いてあるカードだった。牛乳屋はカードに書いてある字について説明してくれる。小雀や仔羊がどうとかした、という風な言葉だった。そのほかに、富山の薬売りが帰るまぎわになってから、惜しそうにやっととり出す四角くふくらむ紙風船や折紙を、持ってきてくれた。小さな赤い蟇口《がまぐち》をくれた。口金がバカにきつくて、なかなか開かなかった。小学校に上ったとき、西洋人形の刺繍のあるハンカチを一枚くれた。

牛乳屋が、下水のコンクリートの縁石ばかりを、わざわざ伝うような歩き方で坂の右はじを上ってくる。普通の男より顔が白く、てらてらして見える。ひょろひょろと右の家に入って、すぐ出てきて、ひょろひょろと斜め左の家の木戸を入って、すぐ出てくる。その姿が目に入ると、私は家の中へ駈け込んだ。うっかりして、先に見つけられたら、ズックの袋を道端に置いて、白手袋の両手をひろげて追いかけてくる。肋《あばら》と腋《わき》の下に手を入れられて抱き上げられてしまう。牛乳屋の顔は、そばで見ると、でこぼこして、ぼつぼつがある。「嬢ちゃん、たんと牛乳飲んで、どれ、どのぐらい、重たくなったかな」などと、つばきを口の中にためた声で言う。

体操の時間、眼の端の方がむず痒《がゆ》い気がして、そっちの方をふと見ると、白手袋の指を校庭の柵の金網にかけて、顔をおしつけている牛乳屋がいる。

学校の帰り、道いっぱいに手脚をひろげて立ちはだかり、待ちかまえている牛乳屋を見ると、友達は素早くわっと逃げてしまい、私はランドセルと草履袋ごと抱き上げられて、そのまま家まで送られてしまう。牛乳屋の白手袋の下の左の手首あたりに、腕時計をはめたみたいに、桃の青い絵があった。鳶《とび》の頭《かしら》も魚屋も畳屋にも刺青があったから、珍しくはなかったが、三個の桃の実と葉が図画の手本のように丁寧に、大へんうまく彫ってあった。

雪が降った朝、登校すると、先生と小使さんが校門にいて、今日は休み、家で勉強する、とメガホンで言った。(二・二六事件の日だったのだろう、きっと。)どこもかしこも真白くふくれ上ったために、いつもより狭くなった白い道を、嬉しいような、心配なような気持で、ぼんやりと帰ってくる。どうして休みなのかわからない。どうしてなのかとも思わない。その電信柱を曲れば、あと少しで家、という電信柱のところに人がいる。真白な道に、ゆらりと出てきて白手袋の手をひろげた。怖くて、何だか、自分からどんどん行って、抱かさった。

まわってくる紙芝居屋は、二人ともが「黄金バット」をやっていた。小学校の北口の裏門を出た先の道に、大きなお屋敷の塀が長々と続いていた。昨日の夕方、裏門のところで遊んでいたら、赤いマントの男が塀すれすれに向うの方へ駈けて行った、と友達が言う。その話を聞くと、赤いマント、黒の裏をひるがえして飛ぶように行く怪人の後姿と長い塀とを、もう自分も昨日の夕方に見てしまった気がしてくる。赤マントが振り向いたとき、牛乳屋の顔だった、と言う友達がいた。そうじゃない、あの牛乳屋は人さらいだったので牢屋に入れられている、だから、この頃来ないのだ、おかあさんがそう言った、と言う友達がいた。

毎晩、牛乳を飲んだあと、手をひろげて十の字にねているおばあさんに代る代るまたがって、私たちは飛行機ごっこをした。腕を折り曲げたり、爪を押したり揉んだりする。操縦しているつもりだ。うっすら髭の生えている鼻の下、ほくろや唇や鼻をつままれたりしても、面倒臭いのか、案外と気持よさそうに眼をつぶっている。おばあさんの腕の内側は、顔とちがって白く冷たくすべすべとして柔らかい。腿《もも》の内側は、もっと、すべすべしている。止処《とめど》もなくなってくる。瞼をめくって指をつっこもうとする。「ええ、もう、たいがいにおし」おばあさんは払いのけて起き上る。

お弁当

小学二年級から、お弁当があったと思う。私のお弁当箱は、蓋に斜めに箸を納める凹《くぼ》みのついている、アルミニュームの四角いのだった。梅干の酸でも傷《いた》まない、アルマイトという新金属で出来たお弁当箱が売り出されたのは、上級生になった頃だと思う。首から定期券を下げて、一人だけ電車通学をしている生徒が、赤い小判形のアルマイト弁当箱をはじめて持ってきたとき、みんなは代る代る見せて貰った。鸚鵡《おうむ》の絵が蓋に描いてあった。

手工の時間にお弁当袋を鉤針《かぎばり》で編んだ。新聞紙にくるんだお弁当をその袋に入れ、ランドセルの横に吊して登校した。帰り、駈け出すと、お箸のほかに梅干の種の転がる音がした。

一日と十五日だったか、戦地の兵隊さんの御苦労を偲んで、梅干一つと御飯だけの「日の丸弁当の日」があった。机の間を回って先生が点検した。蓋をあけると、いつものようにおかずが入っていることがあって、どきりとする。もう、そのときは、のんきに暮している（と思っていた）家の大人全部を恨む。
おべんと御飯（煎り卵ともみ海苔の混ぜ御飯）か、猫御飯（おかかと海苔を御飯の間に敷いたもの）であれば、私は嬉しい。そこに鱈子《たらこ》、またはコロッケがついていたりすれば、ああ嬉しい、と私は思う。そのほかでは……梅干のまわりの薄牡丹《ぼたん》色に染まった御飯粒と、沢庵のまわりで黄色く染まった御飯粒。その一粒一粒。……虚弱児童の私は偏食で食が細かった。

家の近い生徒は、都合でお昼を食べに帰ってもよいことになっていた。「食べ」といった。校門から「食べ」の生徒が、ばらばらと抜きつ抜かれつして、切り通しの坂を走り下って行く。真昼間の表から駈け込んだ茶の間は、藤棚の蔭で冷んやりと暗い。柱時計の真白な文字盤のXIIに針が重なって、丁度鳴りはじめたところ。おばあさんが火鉢に網をのせて三角に切った油揚を焙《あぶ》ってくれる。焙ったそばから、お醤油をまあるくまわして、お冷や御飯で食べる。

「天皇陛下の写真が出てるシンブンガミで、お弁当を包まないでね。見つかると先生にうんと叱られるから。遠足や運動会に持ってきて地面に敷いて坐るのも、いけないんだって。お便所でお尻拭いたりしちゃ、もっといけないってさ。そういうシンブンガミは神棚にあげておきなさいって。皇后陛下の写真もいけないんだって。愛馬白雪号（天皇陛下の馬）のもダメかもしれない」

油揚を裏返しながら「はいよ。大丈夫だよ」と、おばあさんは簡単に肯《うなず》く。

Kさんは体操も勉強も裁縫も不得手で、すべてにゆっくらとしていた。大きな、組で一番ぐらいに大きな白い平らな顔で、糸のような眼をしている。私の席から斜めに振り向くとKさんが見える。しょっちゅう、のろのろと手の甲をさすっては、両手を揃えて眺めている。

四時間目の授業がはじまると、少し開けてある廊下側の引戸窓から、どっとほつれた日本髪の、青黄いろい顔をした女の人が、よく顔を覗けた。先生の話すことが面白くて堪らない様子で、しまいには教室の中へ半身のり出して熱心に聞いている。みんながおかしがるところでは一緒になって、声を出さずに、くったりと笑った。四時間目が体操だと、運動場の隅の砂場で、全身に陽を浴びながら、うっとりとしゃがんでいる。洗い晒して模様のわからなくなった着物を、肩からずり落しそうに巻きつけ、細帯一つだから、ふらふらと寝巻のまま起き出してきた病人のように見えた。若そうだった。

あの人はKさんのお弁当を届けにくるナントカおいらん、Kさんちは大門《おおもん》の中のお女郎屋さんだ。と事情通の友達が教えてくれた。「食べ」の日、その話をすると「ああ、よっぽど大人しい人なんだねえ、きっと。お女郎さんは、ふつう滅多に一人で外へは出られないもんだよ。逃げられないように、帯も締めさせないんだ」と、火鉢の向うで、おばあさんは言った。

坂下を流れる川の川下の方角に、お女郎屋さんが何軒かあった。昔はもっとあったという。バス通りに面した一方の出入口に、錆びた乳鋲《ちびょう》のついた黒い大きな門が、こわれかかったまま建っている。夕暮から夜、この前を通ると、昼間よりずっと大きな門に見えた。大門から中は、子供の入るところではない、と聞かされているから、大門に貼ってあるビラを大急ぎで見て通り過ぎる。――坂下の豆腐屋のおじさんは、だいぶ前からびっこを曳いている。大門の中が大好きで、遊びにばかり行っていたら病気をうつされた。それでむやみと怒りっぽくなっていて、うちの犬「ジョンや」が歩いていると出刃庖丁を投げつけた。「ジョンや」は肥っていて丈夫だから、背中に庖丁を立てたまま、せっせと坂を上って家に帰ってきた。――ビラは、大門をくぐって奥の外れにある映画館のビラである。*『殺生浪人旅』(だか『浪人殺生旅』)という題の時代劇である。

ある日、Kさんの家に行ってみよう、と事情通の友達が誘ったので随《つ》いて行った。Kさんの家の広い間口の三和土《たたき》まで、夕方近い強い光が射し込んでいた。上り端《はな》のつるつるした板の間から、幅のある梯子段が二階へつき上っていて、二階の方は真暗だった。赤く塗った梯子段の手すりが、ところどころ剝げ落ちていた。正面の鴨居に、天照大神の神棚があった。額縁に入ったお女郎さんの半身写真が、その左右に並べてあった。お女郎さんたちは、上等そうな着物に頸《くび》をうずめて、つぶれたような日本髪にカンザシをあちこちから挿して、そっぽを向いた眼つきをして写っている。どの人も何となくお相撲さんに似ている。写真に貼ってある、カタカナを振ったお女郎さんの名前も、お相撲さんの名前に似ている。

前からそこにあったのか、私たちがきてから出してくれたのか、あと先がはっきりしないけれど、板の間に大きなお盆が置かれて、半月に切った真赤な西瓜《すいか》が沢山のっていた。西瓜の向うに、のど首から肩まで水白粉《みずおしろい》を塗ったお女郎さんが二人、手拭を縫合せたような着物に細帯一つでとんび足に坐っていた。

Kさんは出てきて、友達はKさんと話をしたのだろうか。それもはっきりしない。お女郎さんの一人が、もう一人に「そりゃ、あんた。水気《すいき》にゃ、かもうり」と、平べったい声で言っていた。

梯子段の裏手の薄暗い奥から、お弁当を届けるお女郎さんがぱたぱた出てきて、三和土に並んで直立している友達と私の口の中へ、紙袋の飴を白いふくらんだ指でつまんで押し込んだ。ざらめをまぶした大玉の薄荷《はっか》飴が、くっと詰って口がきけない。大門を出るまで、陽が照る砂利の往来を、しっかり手をつなぎ合って、脇見せずに歩いた。

私は市電に乗って遠い女学校へ通うようになった。遅刻した日、停留所で、男の人に連れられて、どこかへ出かけて行くお女郎さんたちに会うことがあった。電車通りを真直ぐに吹き抜ける風に、赤茶けた日本髪を、ほつれ放題にさらして、七、八人一かたまりになって電車を待っている。立ったり、しゃがんだりしているお女郎さんたちのお尻が、細帯一つのせいか、ぽたぽたと大きく、垂れ下って見える。ケンバイ、ケンバイ、とそばにいた職人風の男が、私を触るような、ちらちらした眼つきで言った。検診の検に、黴菌《ばいきん》の黴だ、とすぐわかった。どんなことをされるのかも、何だか、もうわかったような気がした。一度、その中に、お弁当のお女郎さんを見つけたので、おじぎをしたら、両袖を掻き込むようにうずくまっていたその人は、こっちを向いたまま、がーっとあくびをした。

＊一八二ページ。正しくは「浪人旅殺生菩薩」。(編集部注)

花の下

さっぱりとした花ですね、ここのお社《やしろ》の桜は。お天気がいいと、こうやって腰かけていて仰向けば、花が浮いて、その奥に青い空があって、眩しいくらいきれいなんだけど。今日は冷えること。さっき、ぽつらぽつらきましたもんねえ。あたし、あっちの坂から上ってきました。坂下の公園の花見て、折角だから、お社の花もついでに見てしまおうと欲張って。坂は骨が折れるの。何しろ今年で八十だもの。杖ついて富士山にでも登る思いで上ってきました。

公園の桜は、やたらボテボテとしていて、……ここのは沢山あるのに、何だか、こう、しいんとなるみたいにさみしい花で……。でも、年寄りは歩いてませんね。公園に行っても年寄りは歩いてない。年寄りがどこかにいればいいと見まわしても見当らない。子供らがジデンシャをいらいらうらうら漕ぎまわしてるばかり。花の下じゃ、何とか反対運動の人たちが、声を涸《か》らしてガアガア騒いでましたよ。物価が上るとか下るとかって。どういう人たちだか知らないけども、この寒空に、あん人たちも骨折れますねえ。

これでもう、明日は天気がくずれるらしい、さっき境内を掃除にきたおばさんが言ってました。惜しいですねえ。今日が今年の花の見納め。

ここは何にもありませんねえ。花が咲いてるばかりで。お花見ってのは、花の下に提灯が下って、おでんとか焼きそばとか、屋台も出てなきゃ。ううん、あたしは、そんなものは食べたくないけど、ただのどが乾くの。前にゃ、あすこの神主さんの家でコーラと煙草売ってたのに、いつのまにかやめちゃって。ああ、コーラの一杯も飲みたい。つばき飲み飲み、花見てるんじゃ張り合いがない。うち出るとき、よっぽど持って来ようかと思ったの。冷蔵庫の前まで行ってはみたものの、コーラってのは重いんでね。歩くのがやっとだから諦めました。ほんとは半分位の大きさのが欲しいの。一本はとても飲みきれない。

一年、などと軽く言えませんわ。去年、花を見に坂を上ってきたときは、こんなにくたびれませんでした。今年八十。九十まで生きらんないでしょうね。仲よしのイトコが七十五で、しょっちゅう往ったり来たりしてたの。その人、去年ちょっと思ったら、もう動けなくなっちゃって。そいで頭もおかしくなっちゃって。店の会計全部やってたような利口な人だのに、何だかもう、お金の勘定も判んなくなっちゃった。おそろしいですねえ。食べるものも、あんまり食べなくなって。ときどき顔見せに行くんだけど、なつかしがって喜んでるんだか、泣いてるばかし。食のいい人で、お鮨屋さんへ行くと一人前じゃ足んなくて、一人前半ずつ食べた人なの。去年のお花見の帰り、二人で一緒にお鮨屋さんへ入って、飯台《はんだい》のところで握ってもらって、握り握り、お腹一杯に食べました。「今度はおねえさん、あたしはイクラを入れてもらって手巻きにする」って。「あんた、そんなに食べて大丈夫？」って言ったら「大丈夫、大丈夫」なんて言って元気だったのに。その話したら、判るんだか判らないんだか、病人が声しぼり出して泣くの。へんな声ですけど。あのとき思いきり食べといてよござんした。食べないでいればそれきりのこと。

あたしのツレアイは五十三歳で亡くなりました。はばかりに起きたら、眼がまわってひっくり返って、箪笥のこばへぶつかって、それきり口がきけなくなって。――そのあとは可哀そうだ可哀そうだと、伜《せがれ》やまわりから、ちやほや大騒ぎされながら、賑やかに暮しちゃいました。

バス通りの老人福祉会館じゃ、お風呂が一日置きにあるんですよ。うちにもお風呂はたつんだから、何もお風呂に行かなくたってもいいけども、うちにいるとさみしいでしょ。だから十時半になると出かけて行ってお風呂に入って、持ってったお弁当食べて、二時頃まで遊んで、うちへ帰ってきて「三時のあなた」見てね。それから、くたびれて一寝入りするんです。あすこへ行くのに、あたしは、まあ、たいてい、あんこのお菓子を一週間に二回持って行くことにして。たいしたお菓子じゃないけども、皆に食べてもらうんですよ。お菓子持ってこらんない年寄りは、元気ない。

一眠りしたあと、晩ごはん食べる。あたし、うなぎが大好物。昨夜なんかも、うなぎ入れた小田巻蒸しこさえてもらった。それと付け合せに、ほうれん草のおひたし。まぐろの山かけも大好物。でも、くどいもの二つはいやだから、一つくどけりゃ、片方はさっぱりと。そいで、お酢の物が大好きだからね。ワケギと、それから、あのー何か、貝あるでしょ。それでこさえたりなんかすれば、本当にうんとおいしいねえ。アイスクリームは好きじゃない。かき氷に味と色がついたような、ああ、シャーベットっていうの、あれが好き。お風呂から出ると、冷蔵庫から持ってきて、休み休み食べるの。年寄りは夜、冷めたいの食べるもんじゃないって、うちの者に言われるけど、のどが乾く。前は古い方の冷蔵庫があたしの部屋に置いてあったから、夜中でも眼が覚めれば飲んだり出来たのに、あたしの知らない間に誰かにあげちゃったんですよ。小さい冷蔵庫売ってるでしょ。あれ買おうかしら。いくらくらいします？

こないだ、いい景色のところにある養老院に入らないかって、伜にすすめられたの。温泉もあって、一寸《ちょっと》した天国だからって。あたしも説明書読んで、いい景色一生懸命想像して、行ったような気持一週間ぐらい作ってみたんだけど、やっぱりいやで止めちゃった。友達同士お茶入れたり入れられたりで楽しかろうとは思うけど、いくじがなくて思いきって入れない。

病気らしい病気したことないけど、このごろ、まるで病気にかかったみたいに、さみしい。手持ちぶさただから、お仏壇にろうそくあげて、お線香たてて、ろうそくの燃えてる間じゅう、歌うたってる。――シネマ見ましょか／お茶飲みましょかぁ／いっそ小田急で逃げましょかあ。……あのー、前には坐って歌ってたんだけど、この頃は脚が痛いから、こたつに寝転んで脚投げ出して歌ってるの。あっちの世は、こんな風に暑くも寒くもなくて、どんよりしたとこかなあ、なんて考え考えしてるうちに、眠たくなって寝ちゃう。

あっちの世じゃ、こことおんなじ風に桜なんか咲いているかしら。まず咲いてるはずないか。

あらあら、お洒落して連れだってやってきましたよ。若い人はいいねえ。もう羽織なしの帯つき姿で。帯もきれいに締って。あの娘、脚がわるいらしいよ。でもやさしい顔してますね。お詣りしようか、どうしようかって考えてんだ。お賽銭《さいせん》出そうか、出すまいかって。おや、年寄りもやっとやってきましたよ。あの人、あたしよりか多分早く死にますよ。こないだ、あたし、ひっくり返ったの。吐気もしたけど、じっと寝てたら、一日でするりとよくなった。

あたし外《そと》歩くときは、こういうもの持ってるの。ほら、名前と電話と所番地と歳が書き込んであるでしょ。八十五歳って書いてある？　へんだねえ。八十なんだけど。いつの間に年とったのやら、八十五だなんて他人《ひと》の歳みたい。

あら、鳥がきた。なにどりかしら。花の芯食べてますよ、食べてますよ。あんなに揺らしてるのに、花びらが一枚も散ってこない。もうもう今が真盛りの真盛りだ。おいしそうに食べてること。花の芯て、どういった味がするのかねえ。あたしは大好物はうなぎ。うなぎの小田巻蒸し食べてみたいねえ。いくら頼んでも、うちじゃ、ちっともこさえてくれない。

夏の終り

Aビルの九階で、いまごろ珍しく秋冬物の大バーゲンセールをやっている、と娘が誘いにくる。

娘は毛のワンピース二万いくらかのを八千円で買った。男物の赤いセーター一万七千円のを四千円だかで買った。御試着は御自由、と拡声器で叫び続けているが、脱衣試着のための部屋はなく、試着したい男女は窓ぎわの壁に行って荷物を足許に置き、手をあげたり踞《かが》んだり、うしろ向きになって腰をゆすったりしている。私は見ただけで何も買わなかった。九階の窓から、骨細工みたいな高層建物と高くなった空を眺めている。今朝、覚めぎわに見た夢は、何でもひどくつまらない夢で、それを思い出そうとして、思いだせない。皇太子とその家族が住む黒ずんだ森が見える。私と同じように、窓から町を眺めているだけの男が二、三人いる。脱いだり着たりしている男女の方へ、ちらちら眼を走らせている。万引監視係らしい。

四階には、スパゲッティ屋、日本料理屋、カツレツ屋などの食堂街があった。蠟細工の見本のオムレツが実においしそうに飾ってあるオムレツ専門店に入った。

香港フラワーの、うそのぶどう棚の下に、白い食卓と椅子の席がある。左のテーブルに女の二人連れ、右のテーブルに男女の二人連れが腰かけている。ロングスカートの女給仕が来て、コップに冷たい水をちょろちょろと注いだ。ピアノ音楽が壁の向うから聞える。革みたいだが、うその革の表紙の大きな献立表をひらいて、オムレツ定食千五百円というのを二つとる。定食千円というのもあったけれど。千五百円のは、スープ、サラダ、パン、オムレツ（中身はビーフ、またはツナ）、コーヒー。千円のには、コーヒーがない。オムレツは、私がビーフ、娘がツナを注文する。女給仕が「ソースは何にいたしましょう。ここにございます」と、献立表の下の方を蚕のような指で押える。「トマトケチャップ」と、献立表を見ないで私は言う。トマトケチャップは当店では使わない。マシュルームソースか、チーズソースのどちらかだ、と女給仕は言う。「あたしはマシュルームソース」と、娘がすました顔をして言う。私も真似する。

左の女二人連れは、向い合って煙草をくゆらしている。右の男女二人連れは、落ちつきはらって口を動かしている。私はテーブル掛けを触る。緑色の花模様のテーブル掛け。下にスポンジか何かが敷いてある。こういう風なのを今度買おう、下敷のスポンジも一緒に買って、この店みたいに本式に掛けよう、と思う。それから、ずらずらと垂れ下っている頭上のぶどうの房を眺める。「こういうオムレツ屋のオムレツは、ただのオムレツじゃないよ。きっとおいしい」と、娘に囁《ささや》く。「男ってオムレツ好きよ。オムレツとかシューマイとか。むうっとしたもの好きみたい。今度作ってやるかな」娘は結婚して一年になる。

女二人連れのテーブルに、パンがきた。右の男女の方には、すでにオムレツがきて食べている。姉弟らしい。弟が、九階で買ってきた襟巻やセーターを袋からとり出して、二人して見直している。「これ、××ちゃんにやれば」などと姉が言っている。

やっと、私たちのところに、パン二切れずつのせた皿と、赤い小鉢が運ばれてくる。赤い小鉢には、黄色くてとろりとしたものが入っている。置くとすぐ、女給仕はロングスカートをさらさらさせて、カギの手を曲っていなくなる。何か運ぶために、引き返したのかと思っていたけれど、それきり出てこない。これ、オムレツのソースかしら。パンのバターかしら。パンにつけて食べてしまったら、オムレツがきたとき困るかな。指でつついて舐めてみる。バターらしい。しかし甘みがある。バターじゃないかもしれない——。

スープがきた。とろりとしている。「の」の字に生クリームがかけてある。冷たくておいしい。あっという間に飲んでしまった。ぼんやりしてしまう。じゃがいものスープだな。

女二人連れのテーブルに、オムレツが一つのっている大皿と、サラダを盛った大鉢がくる。年増の方がサラダを、若い方がオムレツを食べはじめる。続いて私たちのテーブルにもサラダがくる。女二人連れは、さっきから物静かな口調で途切れることなく会話していたが、料理を口に入れはじめると、全く黙ってしまった。フォークとナイフを握っている指先や手の甲に力がない。老人のようにのろのろと料理をいじっている。サラダの年増のほうは、ナイフとフォークを置き、頬杖をついて眼をつぶってしまった。

大皿のオムレツ二つ、ついに私たちにもくる。私がビーフである。こういう大きなお皿に、こういうぷるぷると肥ったオムレツが、どーんと転がしてあるのがいい感じ。これからは、うちでも、こういう風な大皿で、こういう風に食べよう、と思う。小さいにんじんが二本、いんげんが五本添えてある。フォークとナイフをかまえて、オムレツのはじを切って口に入れる。べつだん、うんとおいしくもない。二度めに切ると、佃煮の塩昆布くらいの四角いビーフが、卵汁にまみれてぬるりと滑り出てきた。舌にのせると、何だかへんな味。噛んでみるとちがったへんな味がしみ出てくる。二口目はソースをかけて食べてみる。もっと妙な味が加わる。「そっちのは、どんな味?」「うん。普通の味」うつむいたまま娘が返事する。三口目を食べる。「何だか、まずいような気がする」「うん。何だか」うつむいたまま娘が返事する。「こういう味のことを、まずい味と言うんじゃないかなあ」「うん」半分食べてとりかえてみる。ツナオムレツも想像とまるでちがう味である。

男が三人入ってきて、向いのテーブルにつく。三人とも派手な格子縞のズボンだが、職人風の人たちである。短く刈った頭を献立表に寄せ合って相談する。そして黒い開襟シャツの顔のきれいな男が代表になって、ロングスカートの女給仕を見上げて、低い声で注文している。あとの二人は、怖々、あたりを見まわしている。

オムレツを食べていた、女二人連れの若い方が「少し召上る?」と、年増の方に大皿を動かしたら、年増はサラダを口に頬張ったまま、眼を剝き、頬骨を一層高くしたものすごい顔になって、首と手を振り、拒否した。若い方はしおれて溜息をつき、のろのろとフォークとナイフを使いはじめた。

「何だか、口の中がげろの味と匂い」言いにくそうに娘が感想を言う。私は便所に行きたくなって廊下へ出た。

靴音もたてずに女二人連れが帰った。テーブルに、オムレツとサラダが半分以上残してある。

オムレツが向いのテーブルにきた。職人さんたちは畏《かしこ》まり、にこにこしてオムレツを見つめ、フォークとナイフを取り上げる。やっぱり三口目くらいから元気のない顔になる。コーヒーが私たちのテーブルにきた。コーヒーは普通のコーヒーの味がした。ゆっくりとコーヒーを飲んだ。

颱風《たいふう》が去ったあとの午後の東京。真青な空に、ちぎれちぎれの白い雲が、思いがけない低さのところを、さっさと動いて行く。日光が濃い。夏服の黒っぽいのをひきずり出して身につけ、人は町に出てきて歩いている。

「今日だけ!!」と貼り紙のある店の前に山積みにしてある女靴は、三百五十円である。その中の白と紺の靴二足を代る代る履いて迷っていた五十年配の主婦らしい人が、通りかかった私に、どっちが似合うか、と訊く。白も紺も、甲の部分に赤いヨットが描いてある。両方とも似合っていないのだけれど「紺です」と答える。その人は白がいいと思っていたらしく、不満そうである。

京都の秋

京都駅の改札を出ると、警官が二、三人ずつ、表の通りの方を漠然と見ているような振りをして、あちらこちらに佇《た》っている。バスの発着所にも二、三人ずつ、そうやっていた。その警官の一人に知恩院へ行くバスの乗り場を訊くと、ここじゃない、あっち、と教えてくれる。柱の蔭などには背広の男も二、三人ずついた。その人たちも同じ目的で佇っているらしく、警官と同じ表情をしていた。秘密めかしくもなく、にこにこして、つまり、あまり緊張していないのだ。大層えらい人ではなく、中位にえらい人かなんかが来るのを待っている様子であった。バスの乗り場は見当がつかず、もう一度弘済会の売店で訊くと、あっち、と教えてくれた。売店のおばさんは、陛下が新幹線でもうじき京都にお着きになる、と言った。

薄曇りでむし暑い日である。日傘をさした女の人が、いく人も通りを歩いていた。
知恩院の山門前の広場に、ピカピカに磨きたてた観光バスが沢山到着していた。中にはち、とび立った空で三、四回鳴いて、また元の巨きな樹の黒いこんもりした中へ戻った。

あった。雲がきれて青い色を見せてきた空に、巨《おお》きな樹の中からカラスが一羽ずつとび立

石段には、黄色くなりかけた桜の葉が、ひとかたまり、どっさりと落ちているところが

ろがある。その、こうなっちゃう音階や節回しばかり使って作曲してある」

く作曲してあるねえ。おばさんたちって、どんな風な歌を歌っても、こうなっちゃうとこ

寸ちがうみたい。法然上人様の和歌に節をつけて歌っているのじゃないかな」「実にうま

金切り声が混る。「あれは御詠歌かしら」石段を上りはじめながら娘が呟《つぶや》く。「節回しが一

大殿から湧き流れてくる歌のようなものは、高音部にかかると、ヒイッと調子の外れた

転手らしい制服の男たちが、制帽を放り出し、行き倒れたような格好になって眠っていた。

やりとしている。山にある墓地への石段の両脇の樹蔭に、ビニール布を敷いて、バスの運

た大きな手提袋を抱えて階段に腰かけ、太いふくらはぎの脚をハの字に投げ出して、ぼん

いていは中高年女性で、ねずみ色か灰青色か茶色のスーツを着ている）は、ふくらみ返っ

は、回り廊下から首をのばして大殿の中を覗き込んでいるし、覗きくたびれた人たち（た

を降りた善男善女が、大殿の中に全部ぎっしり詰って歌っているらしい。入りきれない人

には誰もいない。突然、大殿から歌のような声が湧き起り、うねり流れてくる。観光バス

広場にも、同じ色で塗ったピカピカの観光バスが、おびただしく整列して停っていた。中

誰もいない。蓮の実と蓮の葉の形をした唐金《からかね》の大きな水鉢が置いてある大殿の横手にある

別の巨きな樹から鳩の群がいっせいにとび立ち、半円を描いて遠くの樹へ礫《つぶて》が落ちるようにまとまって消えた。

墓地の中心にある千姫のお墓に、草むしりの老婆が二人しゃがんでいた。瀬戸引きのはげた洗面器に蚊いぶしの草を燃やして、足許に置いている。山の頂に近い、ここよりも古い墓地の方で、しきりにカラスが鳴いている。

夫の墓の花立てに、しおれた赤まんまが一握りさしてある。去年の秋には来られなかった。娘が結婚したとき、娘夫婦と先方のE家の家族四人と私がきたのが一昨年の秋だった。今年は離婚した娘と、元のように二人で来ている。

はす向いの、ぽーっと夕焼に染ったような、きれいな色合の墓石の前に、真新しい水色の天幕が張ってある。溢れるほど供えられた花が、枯れはじめている。あれは、たしか佐藤春夫さんのお墓だ。この間、新聞に夫人が亡くなられたことが出ていた。雨降りの日に納骨されて、そのときに張った天幕が、まだそのままなのだ。

草むしりの二人の老婆は、煙の立ち昇る蚊いぶしの古洗面器をずらせては、しゃがんだまま、少しずつ、こちらの方へ移動してくる。蚊いぶしの草の燃える匂いは、もぐさのいぶる匂いに似ている。低い声でしゃべり続けている話の内容が、ときどき聞きとれる。あの病院より、こっちの方が安い。それも共産党の人が行けば、もっと安くしてくれる、と話している。共産党というのは労働組合のことなのだろう。

ギザギザした細かい切れ込みのある小さな葉が、墓に散ってくる。まわりにも散ってくる。払うと、また散ってくる。

私が骨になって、この石の下へ入っても、地面の上ではこういう景色が続いているのだな。そうして一人でやってきた娘が、この景色を眺めるのだな。――私は一人でやってきた娘になって、あたりや遥か下に拡がる瓦屋根の町を見回してみる。

竹箒で掃いている坊様に、帰りみちで会った。しばらくお見えになりませんでしたかな、七回忌にあたられますかな、と坊様は言った。手提からとり出した紙包のお金を、海老茶色のてらてらしたゴム手袋をはめた義手のような手にはさんで受けとり、合掌してから、するりとしまった。「なにぶんにも落葉がしますよってに。今日もここを掃きましてから、あちらの方まで、順々にお掃除してまいることに……」坊様は、歩きはじめた私の背中にもう一度「順々にこちらの方からあちらの方まで……」と声を大きくしてくり返す。

お札所に寄って、濡髪《ぬれがみ》大明神のお札とお守を頂いた。濡髪様は、千姫のお墓のすぐ奥にある小さなお社である。祇園の芸妓さんが願を掛けたり、お百度参りにくる。坊様一人坐るだけで畳が見えなくなるほど狭苦しい暗いお札所に、レース編みのチャンチャンコをワンピースの上に羽織った、五十がらみの肥満した女が上り込み、誰かの悪口を坊様に訴えている。

「あのー濡髪様は何の神様でしょうか」男女関係の神様と知ってはいるけれど、お札とお守に千五百円出したのだから、確かめてみる。「濡髪様は縁結びです。さて……と、では祈願の塔婆もいりますか」眼鏡をかけた年輩の坊様は立上りそうになる。「いいえ」「さよか。十一月の二十五日は火だき祭でございますから、また是非に」

E家の人たちと墓参に来た帰りには、娘のつれあいの兄にあたる人が、この石段の端を先へ先へと、背広の上衣とネクタイをひるがえしながら駈け下りて、前へまわっては写真機を構え、私と娘の写真を何枚もうつした。秋のお彼岸の快晴の日で、日光は眩しく、全員汗ばんで上気し、むやみと笑った。芝居を演《や》っているような気分だった。あの写真、E家ではきっと破って、ちぎって捨てたろう。先を下りて行く娘にそう言うと、「そりゃ、そうだ。当り前のことです」と娘は振り向かずに、下まで真直ぐの石段を下りて行く。

円山公園の中の食堂で、遅い昼御飯を食べた。大きな硝子窓の向うは、楓《かえで》ばかり繁らせた中庭である。私たちのほかに一組しか客がいない。溜色《たまりいろ》のほの暗い天井から吊したろうそく型のシャンデリヤが、角度の加減で大硝子窓全体に散乱して映り、中庭の楓の葉蔭にも、ろうそくの焔《ほのお》が点々と無数にゆらめいているように見える。気が遠くなりそうである。

やわらかいバイオリンの曲が流れている。どこかで聞いたことのある曲。そうだ。テレビの「11PM」で、トルコ風呂や、奇妙な道祖神や陰陽石や、大人の玩具屋などを、いそのえーたろーという人が探訪に出発するさいのテーマ音楽だ。この曲がかかって、眼鏡をかけたいそのえーたろーが、のん気そうな困ったような顔をして、町角を曲ったり、田舎道をてくてくと一人歩いて行くのである。

海老フライと、もう一種類のフライのついた定食を注文した。

「このあと、どんな風にする?」「どこかに行ってみない?」「どこかって、どこ?」「天皇陛下はどこに行ったのかなあ」

＊二〇一ページ。正しくは「いその・えいたろう」。(編集部注)

『遊覧日記』より

浅草蚤の市

こういう店を、本当は何商といったらいいのか。商品はすべて新品だから古物商ではない。木の根っこを生かして拵《こしら》えた座卓や火鉢があるから家具屋ともいえるし、(バラや軍艦やアルプス風景の)油絵額や、(天狗の面や青銅の髑髏《どくろ》や布袋《ほてい》様の)置物があるから美術工芸商ともいえるし、――私は勝手に剝製屋とよんでいる。

数年前、はじめて蚤《のみ》の市の大天幕の中へ入ってみた。古着屋、古道具屋、時計アクセサリー屋、ウーロン茶及び精力剤屋などを覗き覗き、正面一番奥にあるこの店の前まできて、大きな白熊が天幕の天井すれすれに立ち上り、あてどなく、牙をむいている剝製に見惚れていると、六十半ばに見える眼がねのおじさんが寄ってきて、

「あの白熊いいでしょ。買ってくださいよ」と耳元で囁いた。

「いかほどですか」

「八十万円でいいですよ。ほんとは百二十万円なんですが」と言う。

「いつから、あの熊はああしているんですか」

「今年の二月からです」

「じゃあ、まだ新しいんですね」

「その前に四、五匹（おじさんは頭といわない）売れてます。よく売れるんですよ。このいだは埼玉のキャバレに。運賃入れて九十万でどうですか」

豹の模様のコートなんか着てきたので、水商売関係の人だと思ったのだろうか。豹模様を着ると、金遣いの荒い奔放おばさんに見えるのかもしれない。

黒豹や大海亀の下の薄暗い檻の中で、大きな牡ライオンが此方《こちら》むきに太太《ふとぶと》とした前肢《まえあし》を揃えて寝そべっている。よくよく見ると、胴体の後《うしろ》半分がすっぱりとない。

「あれ、あのライオン、体が前半分しかないけど、どうしたの？」

「後半分の毛が虫に喰われてダメになっちゃったんです。残念でねえ。せめて前半分でも助けたくて、ぶつ切りにして景色くっつけて檻へ入れてみたんです。檻付きで八十万円。前半分だから安くしますよ」

檻の後壁のペンキ絵は緑の野原で、その背景に胴体の切口をくっつけてあるので、ちょっと見には錯覚で、はるかに拡がるアフリカ大草原に五体満足のライオンが寝そべっている状態に見える。ライオンは、うっすら目を開いて、心なし、淋しそうな顔をしている。

店頭の目立つ場所に飾ってある、ガッと大口を、頭が平たくなるほどあけた三頭の虎よりは、顔の仕上りがずっといい。一頭きりしかいない、しかも虎より遥かに顔がよく出来ていたライオンが虫喰いになったときのおじさんの無念さは如何ばかりであったろう。私、思うのだが（素人の私が言うのは、はばかり多いことだが）、剝製は口の中がもっとも難しいのではないかしらん。粘膜や歯ぐきや舌の色つやとか形が、なかなか難しいのではないかしらん。

パンダは立ち上って、『現品限り二百五十万円』の札を首からぶら下げ、香港フラワーの花を右手に、笹を左手に持たされている。

「本物？」

「本物です」

いやに細面で首まわりの毛の生え方が不自然だ。段がついてる。おじさんは私の疑ぐり深さに、自分で中国へ行って毛皮を買って、それを丸めて畳んでこうやってぶら下げてきたんだから、と毛皮をぶら下げる恰好をして、そこいらを歩いてみせる。

白熊はカナダから毛皮を買ってきた。マレーの虎二頭のうち、痩せてる方は中がプラスチック、肥ってる方には木屑が詰めてある。ほとんど自分の工場で剝製にしている。だから自分の好みの顔かたちに仕立て上げることが出来る。ずいぶんと写真や絵を見て工夫研究も重ねているそうだ。

それにしては、あの動物があんな仕草を？　あんな顔を？　と驚くような突拍子もない出来上りのがあるけれど。――私、思うのだが、おじさんの動物たちへの愛情（何とかして最高に愛らしく最高に魅力的に作ってやりたいという気持）が、そうした結果を招いてしまったのだと。

別の日、また白熊を見に行く。おじさんがそばにやってきて、「月賦でいいから買ってってよ」と言う。

別の日、また白熊を見に行く。おじさんに見つかり、「あ、また来た。パンダ買ってってよ」と言われる。陽なたの表通りに流れている小林旭の歌「京都にいるときゃ……」が天幕の中の奥まったここまで聞える。剝製につけてある値札を見てまわり、ものすごい勢いでメモをとる老人。この店を見て、ほかの店も見て、いったん、うちへ帰って、どうしようかと色々考えてから買うのだろう。もしくは買わないのだろう。

「見て見て見て。ほらね。ここだよ。俺がいつも話してんの。面白いんだよ。すごいんだから」若い男が若い女を案内してくる。剝製に囲まれて若い女が、「わあ、すごーい」と言う。若い男は得意になる。

「昔さ。わたしんち金持でさ。おじいちゃんが敷いてた虎の毛皮あったの。緑色のきれに、顔のついた毛皮が貼りつけてあって。虎の頭の中って虫が湧くのよね。頭のところ臭くて。ごはんの腐ったような臭いして」若い女のそんな話は、ろくすっぽ、若い男は聞いていない。虎の背中にそーっと手を当ててみたりしている。女も話をやめて真似して、そーっと手を当ててみている。

行くたびに剝製の数は減っていた。

今年の正月、私の好きな、ふらりと立ち上った白熊は売れてしまっていた。百万円のアフリカの豹が八十万円に値下げされていた。「買ってよッ」と一言、おじさんは言う。眼がねの奥の大きな眼が地味臭くない。

ジョン・ウェインのかぶるような尻尾のついた毛皮の帽子、荒い格子縞の上着、えんじ色のズボンというみなりが、中背太り肉《じし》、血色のいい大きな顔のおじさんによく似合っている。近ごろ流行りのお宮の境内や公園で催される蚤の市に店をひろげている、芸術家風のひげを生やした若い衆などとはちがった、凄みのきいた派手な貫禄がある。露天商界の大御所、剝製界の重鎮、といった雰囲気がある。

この間、久しぶりに行ってみると、黒豹と虎が一頭ずつになっていた。二頭ずつはいたのに。かもしかとバンビと孫悟空（中国の金色の毛の猿）、孔雀も狼もいない。スカンクもヒグマもいない。鳥もだいぶ減っていた。みんな売れてしまったとは思えない（スカンクなんか買う人がいるとはとても思えない）。前半分の牡ライオンは、いた。

剝製は商売にならないので、木製に切替えたのだ。鷲、竜、鯉、蛇、狸、ビーナス、犬などの木彫り。虎五頭と竜二匹が深山幽谷《しんざんゆうこく》で合戦中の木彫り衝立《ついたて》。

「ここ。ここんとこがいいねえ。欲しいねえ。だけど家《うち》には、ちょっと贅沢かなあ」船と波と船頭が描いてある墨絵の掛軸の波のところを指さして、結婚式の帰りらしい留袖の五十がらみの女が、連れの亭主を振り返って思案中であった。おじさんは用たしに出かけていて、いなかった。

浅草六区映画街の旧電気館跡の空地に大天幕はある。通りをへだてた向い側にめぐらされた目隠し囲いの中で、起重機二台の鉄の腕が、昼の月の浮んだ薄青い午後の空に上り下りしているのが見える。あすこには、たしかストリップ劇場があったように思うけれど、とりこわされてしまったら、どんな形や色をしていたか、もう忘れた。この一帯に並ぶ、戦前からの建物の映画館も、もうじき、こわされる。地べたの匂いのしてくる大天幕も、その日までだろう。そうして、どこの町へ行っても建っている、つるつるの、しらしらと輝く巨大な便所のような高層ビルにかわる。

(今日こそ訊いてみたいと思いながら出かけて行くのだが、剝製に気をとられ、つい忘れて訊かずに帰っていた)日頃から気になっていたことを、古道具屋に訊いてみた。

「夜更けは、天幕はどんな風になるんですか」

「天幕はこのまんま。商品もこのまんまで、俺たち家に帰っちゃう。泥坊に入ろうと思えば、どっからだって入れるよ。その代り怖いガードマン雇ってある。雨が降っても雪が降っても、このまんま」

上野東照宮

上野の山は桜の若葉がすっかりほどけて柔らかにひろがり、斑《まだら》の陽射しが揺れこぼれるその下のベンチには、四角い平らな鞄を枕にし、ハンカチで顔を隠し、背広の上着を胸にしっかりと抱いた男が、靴下の足を少し縮こめて眠っている。黒皮靴を揃えて脱いで。臨月ぐらいの大きなお腹をした若い女と真紅なズボンの男が手をつないで向うからやってくる。赤紫色に咲き乱れたつつじの植込みの蔭で、黒人の男が泡みたいなものを吐いている。

上野の山は気抜けしたようにひっそりしている。ついこの間、サクラで大騒ぎしたばかりだから当分は来たくない気分なのだ。

動物園隣り、東照宮ぼたん祭、入園料五百円。

『春、四月二十日頃より五月上旬。冬、一月一日より二月上旬まで。日本と中国の牡丹が咲き競います。日中国交正常化十周年記念として中国上海植物園から当園に十二品種三十二株が贈られました。園内約二百品種三千株の牡丹の中には日本最古の牡丹といわれている樹齢三百五十年の『獅子頭』も見事な花を咲かせます』

白大輪の春牡丹と、雪の五重塔を背景に藁《わら》囲いからのぞく淡紅色の冬牡丹をのせた案内ビラは、写真も文句も去年と同じである。一年がまわってきたのだ、まあまあ、何事もなくて。

お琴の音楽が拡声機から流れている。緋《ひ》の袴《はかま》の巫女《みこ》さんが切符をもぎる。入ってすぐの、私の胸の高さの「容子姫《まさこひめ》」と立札のある牡丹は、丁度《ちょうど》いま西に傾いてきた陽にあたりすぎて、ぎざぎざのある葉を全部しおらせ、赤ん坊の頭ほどの小さめな桃色の花が重たそうである。この牡丹、幾年か前、新品種としてここにおろされた年には、名前の由来の立札が添えてあった。たしかその年に茶道宗家と縁組がととのった皇族王女の名前だった。子房が血豆の色をしている。

鳥居をくぐって本殿までの参道の左側に沿ってある長細い地形の牡丹園は、まん中に一本、分厚い石畳の通路が、カギの手カギの手に折れながら通っていて花畑を巡るというより、向い合せに延々とたてまわした牡丹屏風の間を歩いて行くという按配《あんばい》だ。

重なり合った暗緑色の葉と湿った土の上に、日除けのよしず屋根から縞目の日光が洩れている。今朝がた開いたばかりの鉢の形の花。昨日開いて今日はさらに開き切った皿の形の花。ほとんど金粉！　と思える蕊《しべ》の真上の一点に、蜂がきては去り、またくる。やがて金粉にとび込んでまみれる。

絵具箱と水入れを足元に並べて、眼がねをかけた女画学生や民芸風のチョッキを羽織った主婦や紐ネクタイをしめた白髪の老人が筆を動かしている。見物客は遠慮勝ちに、しかし必ず覗き込み、本物とよく似ているかどうか見比べ、写真機をとり出して、写生する人の肩越しに、同じ構図で同じ花を撮影して満足する。花だけ写すのはそんなときだけで、たいていは気に入った花と一緒に自分が並んで記念撮影をし合う。

金帝（黄色系）という牡丹。鎌田錦（紫系）という牡丹。玉芙蓉（桃色系）という牡丹。佐保姫（桃色系）という牡丹。太陽（赤色系）という牡丹。八束獅子（桃色系）、白王獅子（白色系）という牡丹。連鶴（白色系）という牡丹。大正の誇り、などという名前のもある。

両手、手の先までぎっしりと繃帯《ほうたい》を巻いて、派手な上着を肩からひっかけた男と水商売風の女が、麟鳳という赤紫の大輪のところで立ち止り、静かな低い声で、しきりに女が話しかけている。

「指輪持ってるのよ。こういう色の。誕生石がさ、そうだから。だけど指に合わないのよ」男の方は何にも言わない。女は気を変えて、

「いつもおばあちゃんの命日は、うちの牡丹が咲いちゃうのね。今年は全然咲かなかったのよ」などとも言う。

男の見物客は数えるほどしかいない。中年老年の女の見物客が連れだって歩きながら、牡丹についての意見や感想を休むひまなく熱心に、ときには家庭の事情や人の悪口も混ぜて述べ合っている。

「あら、絞りが入っちゃってる。斑もいいもんだね」

「わたしゃ七福神ってのが好き」

「これ、開きそこなったのかしら、これから開くのかしら」

「それぱっかりが言いたくてね、分るかしら、わたしの気持が」

「前にきたときは、こうなってなかったのよね」

「白い花びらが仄《ほの》かに仄かに。思わず抱きしめたいという……なんか気持の中をぱあっと、これから……」

樹齢三百五十年の牡丹「獅子頭」の前は特別に人だかりがしていた。今までむっつりしていた男たちが声を上げている。

「幹を見てみなよ幹を」

「成長しないもんだな。牡丹の十年なんていったら、ひよっ子だな。百年経ってやっと俺たちの腕ぐらいにしかならないんだ」

「三百五十年、皆《みんな》して守ったわけだ。皆《みんな》って誰だ。この牡丹、誰のもんだ?　東照宮か?」

山ぶどうの蔓《つる》のようにうねりくねって、体毛のような茶色の鬚皮《ひげかわ》がぶら下る幹。

大人の男が立ち上って手を拡げたほどの総身に、紫がかった桃色の花がくまなく満開である。獅子と名のつく牡丹は、どれも花弁が逆立っているのだ。

笛が加わって、掻き乱れる調子となったお琴の音楽がやんで、拡声機の声がくり返す。

「只今から選評がはじまります。××会の皆様、××会の皆様、紅白の幕の中に入って少々お待ち下さいませ」

紅白のリボン飾りを胸につけ、手帳を手に、石畳を往きつ戻りつして丹念に花を眺めては何かを書き記していた女の人たちが、見物客の間からぬけて、三々五々出口の方へ急ぎ足になる。和服姿が多い。俳句の会らしい。

その中の一人、上等そうな銀色の着物に銀色の帯をしめた中年過ぎの人が、石畳につまずいたかして、つんのめった。思わず衣服を庇《かば》ったためだろう、頭から突っ込むような倒れ方をした。頭骨と石畳がぶつかって、ごっとんという音がした。それから手帳を握ったまま、ごりごりと石と髪の毛がこすれ合う音をさせて、頭だけで全身を支えて擦っていったが、とうとう最後には力尽き着物と帯の部分も地面について、平たくなった。

でも、その人はすぐさま、すっくと立ち上った。わたくし大丈夫です、と誰にともなくにっこりした。そして出口の方へ夢遊病者のように歩いて行った。

日蔭の石畳から、視界の展《ひら》けた明るい庭へ出てきた人たちが、緋もうせんを敷いた床几《しょうぎ》に腰かけて、頭を叩いたり、あくびをしたりしている。牡丹の芯にこもる重たい熱っぽい薬草に似た匂いが頭痛や眠気を誘ったのだ。

庭には中国からきた牡丹が、日除けの屋根や傘などかけないで、しおれるのはしおれ、散るのは散って、かまうことなく存分に陽を吸っている。「牡丹らしい牡丹だ。あまり変り種《だね》しちゃうと牡丹らしくないよ」商店のおかみさんらしい肥った人が、好きだと大きな声で賞めている。

紅白のまん幕をめぐらした俳句会場から、マイクロホンの男の声が聞えてくる。

「……〝人去りて張りなく崩る夕牡丹〟。ええと次は特選三句を読ませて頂きます。〝ぼたんを見る、ぼうたんも吾を見る〟上をぼたんにして、下をぼうたんにしてみました……」

あたしが好きだと思ったのは、開き切ったあと、ふっとゆるんで、脂汗みたいなものが滲み出ていた花だ。まん中へんで一輪見た。（花が咲いている状態は、どんな花でもそうなのだけれど）性器を丸出しにしているのだから、わるいような気がして、あまり長くは見ないできてしまった。

代って今度は俳句の女先生らしい上気した美声が聞えてくる。

「今日は牡丹日和ともいえるいいお日和で……今日は本当によく咲きまして……本当によく咲いている日に遭うことは滅多にないことでありまして……」。

藪塚ヘビセンター

浅草発、東武電車準急あかぎ。黒レースの服を着た中年の女が駈け入ってきて、通路をへだてた右隣りに腰かける。財布から一万円札をとり出し、何度も息をふきかけては膝の上で折目をのばし、香典袋に入れると黒い手提袋にしまった。乗客の大半は出張の会社員らしい男たちで、二人三人、組になって発車まぎわに乗り込んできた。坐るとすぐ缶ビールをあけ、会社の話か野球の話をはじめる。館林、足利、太田、次々と男たちは降りて行き、一時間半、急行停車駅とは思えない小ぢんまりした木造の藪塚《やぶづか》駅に着く。構内に矢車草が咲きほうけている。一緒に降りた二人の男は改札を先に通っていなくなってしまった。駅員もすぐひっこんでしまった。駅前の案内板を見て、桑畑と麦畑の中の幅広い舗装道路をてくてくと歩く。荷台が銀色の大トラックが、キラキラしながら彼方からやってきて、一瞬、タイヤの摩擦音を残してすれちがうと、しばらく車の影もない。人の姿もない。風が吹いて麦の匂いがする。

桑畑の間の坂を丘の中腹まで上ると、赤土の剝き出た空地に群馬ナンバーの乗用車が三台駐《とま》っている。奥に白いアーチの入口。三台、ということは、少なくとも三人は見物にきているのだ。土曜日でない普通の日にだ。案外いいところかもしれない。

数年前、東武電車の中でヘビセンターの広告を見た。それ以来、「世界の蛇がいる」という其処《そこ》へ、いつか行ってみたいと思っていた。昨日ヘビセンターへ電話で問い合せたところ、年中無休で朝は八時半からやっているという返事に、(もしかしたら、駅のすぐ隣りのものさびしい小屋かなんかで、ちょこっと蛇を見せてくれるだけなんじゃなかろうか、このように一生けん命の会社は)と却《かえっ》て心配になっていたのだ。

ヘビセンター(正式には、ジャパンスネークセンター、日本蛇族学術研究所)。入場料一人五百円。

「きれいな蛇いたあ? 俺まだ見つからない」

「俺、赤いの見つけた」

「センセーイ、蛇がかたまってるゥ」

揃いの運動着を着た男女小学生が、傾斜地に何棟かある建物への石段を上り下りしたり、いくつかある水のない小プールのようなものの間をかけずりまわったりしている。お昼弁当のあとの自由時間らしい。

小プールのようなものは、アオダイショウ、ジムグリ、ヤマカガシ、シマヘビなど『身近に見られる蛇の放飼場』だ。コンクリートの囲いのへりが内側へ庇《ひさし》のようにつき出ている。蛇が這い上るのを防ぐためらしい。まん中に灌木と草むらの茂みが作ってある。

真上にきた日射しに影を縮めているその茂みから、四十センチばかりの赤茶に黒い縞のあるのが一匹、乾いた赤土の上に滑り出てきて、ぬめぬめした棗形《なつめがた》の頭をかかげた。先が二枚に裂けている細い舌を、あたりの気配を調べるかのように二度三度出し入れしてから、囲いの内側のぐるりに張ってある浅い水溜りへ向って動き出す。

気がつくと、草むらの四方八方から、蛇が姿を現わしていた。そして、黒い縞を紫に光らせて、平らなところでは真直ぐに伸び、わずかな凸凹にも神経質にS字にくねり、ときおり煙のように舌を出し入れしながら、あとになり、さきになりして水溜りへ向って行くのだった。水溜りまできた蛇は顎から尾まで長々と伸ばして気持よさそうに水を呑んだ。水を呑んだあと、体を滑りこませ、とぐろを巻いて顎まで浸る蛇。水溜りを渡って囲いの内側のつるつるした壁を這い上ろうとする蛇。這い上ってずり下がる蛇。相当の高さまで這い上ったけれど、力尽きてハタリと落下、悶《もだ》える蛇。水溜りを渡るには渡ったけれど、気持が変ってその場でとぐろを巻いて動かなくなる蛇。あきらかに年寄りか病気持ちと分る黒ずんでささくれた蛇。どうしてそんな所で？　と（私には）思える中途半端な場所で死んで干からびている蛇。

「奥さん、袋物お安いですよ」売店には、ハンドバッグ、バンド、靴、草履、印鑑入れ、煙草入れ、財布など、蛇皮製品が並べてある。体にいいという蝮《まむし》の干物、蝮酒もある。その掲示板に「本日の催物、錦蛇との記念撮影」と書いてある。錦蛇を首に巻いて貰って写すのだろうか。私はまだ、大蛇の肌に平手をつけてみたことがない。

子供の時分、キンカクシの上にのって便所の窓から覗くと（多分春から秋にかけてだ）、十文字の青白い花をつけた毒だみやりゅうのひげや笹の生えている日蔭の土手腹を、右（北）から左（南）へ青黒い模様の太い蛇が、遠くの何かにひっぱられているかのように、ゆっくりとおとなしやかに移動して行くのを見ることがあった。家の主《ぬし》だから、そっとしておいてやらなくちゃいけない、と年寄りに言いきかされていたから、息をつめて、尾が消えるまで見送った。そういう日は寝るまで頭の中や眼がどきどきしていて、いつもより宿題なんかもはかどった。

大蛇コーナー（第二生態実験温室）。水飲み場のついた二畳ぐらいの三和土《たたき》の室に、斑紋と条紋、高級絨緞《じゆうたん》か大昔の壺の色柄をした大蛇が一匹ずついる。どっしりととぐろを巻いて、眼を開けたまま全く動かない。インドニシキヘビ。アミメニシキヘビ。ときどきは広い場所へ出して貰うのだろうか。たまには真直ぐにならないと体に悪いんじゃないだろうか。こんなに大きいのにカナリヤの羽をちぎったような可愛らしいウンコしかしないのだ。

小型ワニも大トカゲも白眼をして肢《あし》をへんな恰好にふんばり、横腹をたるませて全く動かない。どんよりと緑青色《ろくしよう》に濁った水槽にいるエラブウミヘビの一匹だけが、粘りを帯びた真鍮色の体を休むことなくくねらせて立泳ぎをしていた。静かだ。全く音がしない。蛇たちには声がないのだ。

毒蛇コーナー（毒蛇集団飼育室）。二十年前の開所記念祝賀会の写真が飾ってある。張子の大蛇を捧げ持って畑の中の道を踊るように行進する地元青年団。藪塚駅前で来賓を迎える小学生鼓笛隊。来賓の中に故徳川夢声氏の元気な顔が見える。

マングローブヘビ。ヤマカガシ。キングコブラ。マムシ。タイコブラ。ハブ。仲間同士、こんがらかって、かたまって、岩のくぼみや木の枝にひっかかっているのが好きらしい。そして、（仲間外れなのか、変りものなのか、当番制なのか）一匹だけが離れて、のろのろと人が歩く速度で動きまわっている。

揚子江マムシは、はじめ肥った一匹かと思って見ていたら、三匹かたまっているのだった。三匹だと思って見ていたら、小学生の男の子がやってきて、一、二、三、四、五六七、七匹いるな、と目ざとく数えて観察ノートに書き入れた。

食堂でチョコモナカというアイスクリームを買って休んだ。がらんとしている。私たちだけだ。まむしから揚げ、まむし蒲焼、しまへびフルコース、まむしフルコース四千五百円、ハブフルコース四千八百円。

農家の家族らしいおじいさんおばあさんと幼女をつれた中年夫婦が入ってきた。どうだ、まむし定食でもとってみるか、と中年の息子が言うと、おじいさんは、とらんでもええ、

と言った。その家族もチョコモナカを買って食べる。チョコモナカの銀紙を剝ぎながら、

「あーあ、今日は沢山ヘビ見たなあ」とおじいさんが言った。

「いっぺんになあ。いっぱいいなあ」と、チョコモナカの銀紙を剝ぎながら、おばあさんが言った。

「記念に蝮酒飲もうかな。やめとこうかな」とHは言い、「いままでのあたしは蛇のかもし出す雰囲気は好きでしたが、蛇そのものはキライでした。でも妙なものですね。これで家《うち》へ帰ると、すぐまた来たくなるような気持になりそう。自分で自分に自信がなくなりました」などと、いやに改まった口調で言う。

そして私はといえば、最後の資料館に入って、アメリカ大陸最大の蛇アナコンダの骨と、インドコブラの骨を見たとき（アナコンダは水中を泳ぐ態《さま》に、インドコブラは虚空に牙を剝く態に仕立ててある）、ほかのものは手足なんかあって、ごたごたしていて汚ない!!と、急にほかのものを馬鹿にし、蛇を讃える気持が湧き起った。蛇のさまざまな交尾写真には簡単で適切な名文句の説明がついている。〈 〉内が説明文の一部。

①出会い

②抱擁〈全身が縄のように絡まって交接する。手足のない蛇にはこれしかテがない〉

③愛の交換〈ながいながい愛の交換〉

「〈ながいながい愛の交換〉だって――いいなあ」と、Hが言った。

世田谷忘年会

Mさんはいつも和服でお通しだから、夫のとんびを貰って頂けないか。M夫人に電話でそう伺ったら承知して下さったので、長い年月、茶箱の底にあったとんびを洗濯屋に出し、宅急便で送った。Mさんから電話がかかってきた。

「思い出深いお品を頂戴して恐縮です」

添状に、「これを着た武田と正月映画を観に行ったことがありました。『翼*よあれがパリの灯だ』を観たのです。Hが三つぐらいで、目黒の長泉院（夫の父が住職であった寺）に暮していた頃です」そんなことを私が書いたからだ。

夫はその頃、正月松の内だけ和服を着、外出のさいはとんびを羽織り、つんのめるように下駄を履いて歩いていた。洗濯屋に出す前、かくしを探ったら、筒状に細長く丸められて、丁度手の中に握りしめられていた形に皺《しわ》が寄っている紙片が出てきた。目黒権之助坂にある映画館のビラ二枚だった。ジェームス・スチュワート扮するリンドバーグ大佐が、玩具のような飛行機で、たった一人（そうではなかった。ハエが一匹乗っているのに途中で気がつくのだったが）大西洋を横断する物語。

思い出のあるとんびだということを書きたかったのではなく、とんびがいかに古い物であるかを書いて、古着を貰って頂く私の恐縮した気持を伝えたかったのだけれど、書き方がいけなかった。

「来年二月、東大寺のお水取りを見物に行くことになっております。とても寒いから、これを着て行くことにしようと思います。ところでお二人にお酒を御馳走したい、三十日はいかがでしょうか」

Mさんにはじめて会ったのは、十年かそれ以前のことになる。友達のYさん（この間死んでしまった）と、Y夫人のNさんと三人で新宿のお酒を出す店に腰かけていたら、角刈りの胡麻塩頭、着流し懐手《ふところで》の恰幅のいい男がぶらりと入ってきた。この辺の名のある親分さんかしら、と思っていると、Yさんがその人を引き合せてくれた。その人が印度学者のMさんだった。

十二月三十日。晩御飯を食べてから七時半に出かける。渋谷駅の約束の場所に、素足に下駄、着流しの袖をふりふり、Mさんがやってきた。Mさんは人混みの遠くからだって分る。あのように血色がよく、どのような場合にも姿勢がよく、心配そうな顔をしてない人は、滅多に近頃の日本人にはいないのだから。

郊外電車に乗る。三つ目だったか四つ目だったかの駅で降りる。駅前の果物屋には蜜柑色した蜜柑が店の表へ溢れて転がり出そうにいっぱい。紅白の蒲鉾や伊達巻や黒豆を並べた店もまだあいているが、客の姿はほとんどない。堆《うずたか》く重ねられた商品の上を煌々《こうこう》と電灯が照らしている。ぐっと低く見える闇空は桃色がかってうるみ、かすかな風もなく、冷えた空気が道なりに溜っている。商店街を通り抜けると、急に低い石垣や生垣のある家並みとなり、狭い暗い坂を上って下ると、再び提灯がちらほらついた別の商店街へ出る。

「先《ま》ずさいしょに」とMさんは言う。「このつき当りに印度酒場《バー》があります。そこへ御案内したい」

小さなビルの二階への急な階段をMさんは先に立って上って行く。「今日は休みです」とMさんが断られている声が、すぐ聞えてくる。

Mさんは平気で、「折角だから中を見せて頂きましょう」と階段の下の方で躊躇している私たちを促し、袖をふりふり、潜水艦の中のように薄暗い細長い店内を奥まですいすいと通る。

印度の布が二、三種類垂れ下った下に、肥った男二人と痩せた男一人があぐらをかいて印度楽器の音を合せている。どう見ても日本人の顔である。

「ここは印度の音楽を演奏しますが、青森の民謡もやります」とMさんが説明する。

もう暮もおしつまったから、店を休みにして演奏会の稽古をしているところだと、店を休みにして、というところに力をこめて店主が言う。

Mさんはそれを聞いても平気で、

「折角きたのだから一休みして行きましょう。のどが渇いているからビールを一本だけ出して下さい」と、腰かけてしまう。

渋々とビールが運ばれてくると、「一本でなく三本にして下さい」と言う。三本並ぶと、「あなたも一杯いかがですか」と、明るくおっとりと勧める。店主は大儀そうに、「腹をこわしていて」と辞退した。

楽器の演奏が始まった。私は特に感心もしなかったけれど、MさんとHの間に顔をつき出して、「こういうの、ナマのをきくといいわね」と言った。言いながら、心にもないことを口走っていると思った。するとMさんは私の軽薄な無駄口を見破り、「ボクは音楽はよく分らないから」と、つき出している私の顔をまじまじと、さも詰らなそうに見た。

勢いよく戸があいて西洋人の男が入ってきた。瞑想に耽るごとく楽器をかき鳴らしていた三人のうちの一人が「今日は休み!!」と英語で叫んだ。私たちへの分も混ぜて叫んだ。西洋人はびっくりして逃げるように帰って行った。

印度酒場《バー》を出て、暗い(さっきの坂ではないらしい)坂を歩いた。人にも車にも行き会わなかった。坂の上り下りはせかせかと、広い往来へ出ると、まん中をひろがって歩いた。そうして外国語の看板のかかった店へ入る。麦焼酎焙じ茶割りというのを註文。じゃがいもベーコンいためにもろきゅう。Mさんは麦焼酎焙じ茶割りを一口含むと、アマい、とまずそうな顔をし、それでも忽ちコップを干し、次にウイスキーをとり、次にはジンにカンパリを割ったのをとる。

Mさんは Yさんの思い出話をする。Yさんと仲よしの人たちとで伊豆へ遊びに行き、横浜、川崎、銀座と順々に飲みながら帰ってくる珍道中の話をする。最後は池袋のキャバレーである。「………その店の勘定払う段になったら十三万五千円。ほんの一寸《ちよつと》ウイスキー一杯ずつ飲んだくらいなんですよ。ボクは高いと怒ってやった。そしたらすぐ六万五千円にして持ってきた。すぐ半分にするってとこがいい加減な店でしたね。Yさんが払ったんだけど。Yさんはそういう風にして大枚なお金をだらだら使っちゃってました。………イソップにあるでしょ、蛙がいい王様欲しい欲しいという。木のきれっぱしを王様だといって投げ入れてやると、こんなんでなくもっと立派な王様を、という。そんなら鶴はどうかねといったら、鶴ならいいというので鶴をつれてきてやる。鶴は喜んでいた蛙を喰ってしまうという話………」そんな話、イソップにあったかしら。蛙と鶴とどっちがYさんなのだろう。「蛙がYさんなんですか」「そう」「鶴に喰われちゃったんですか」「そう」「鶴は××さんですか?」「そう」

コップをくわえるような口つきをして、Mさんはクーッ、クーッと飲む。

もう一軒行きましょう。

これから行く店には、いかに昔の歌のレコードが沢山あるかを、Mさんは歩くみちみち、熱をこめて語る。勢い余って、まどろこしくなり、かぁもぉめぇの水兵さん、と歌う。

歌いつつ踊る。

踏切に近い線路ばたの赤提灯の下っている店から、男が一人、私たちと入れちがいに出て行く。おでんと石油ストーブの匂いのこもる店の中には、七十ぐらいの店主と若々しいおかみさんらしい人がいるだけ。私とHは焼酎、ししゃもとするめも。Mさんはジン。

そうですね、それでは昭和七、八年頃からの歌を、――店主は順々にレコードをかけてゆく。気に入った歌がはじまると、Mさんは中途で話を放り出し、あなぁたッとお呼べぇばぁ、とハム色に上気した色白の二の腕まで振りたくり足踏みして歌う。

若い男が四人入ってきて、こっちに背を向けて腰かけ、おとなしく飲みはじめたけれど、Mさんが歌いだすたびに背中が硬くなるのがわかった。次第に話もしなくなり、しばらくすると元気なく帰ってしまった。

「学問の勉強は果てしがないのです。だから飽きたら休んでほかのことをする。そのうちにまたしたくなる。そうしたら戻ってきて勉強するのがいいと思います」Mさんは Hに向って学問のし方について話す。「ボクの蓮の研究は、あと三百年かかります」「コドクを恐れてはいけません。平凡な人間は友達が多いが、平凡でない道を歩く人はコドクになります」Hはぽかんとして聞いている。コドクという言葉、久しぶりに聞いたなあと私は思っている。Mさんは立ち上って戸をあけ、出て行く。この店にきてから、ときどき戸をあけていなくなる。線路ばたへ用をたしに行くらしい。

戻ってくると、「友達は多い方がいい」と、用をたしに行く前とは、何だか少しちがうことを言う。Hはちょっと数えるように考えてから、「あたしはいま二人ぐらい友達がいます」と言う。Mさんは、「いいなあ。小学校と中学校のときの友達がボクはいない。そのとき作っておけばよかった」と言う。

「ああ、誰もいなくなりましたね」あたりを見回し、それでは、と店主のおじさんをMさんは紹介する。

「こちらは元日劇の照明の方の仕事をしておられた方で……」「……その頃でしたら、あたしはよく春夏秋と日劇の踊りをこの人連れて観に行ってました。この人が三つか四つで」そうですか、とおじさんは別だん嬉しそうでもない。

「こちらは作家の武田泰淳さんという方の……」色つやのいいおじさんの眼と頬が、みるみるくずれた。

「わたしは一度お目にかかったことがありますよ。『楢山節考《ならやまぶしこう》』を書いた深沢七郎さんの出版記念パーティーをやったとき、わたしも東宝の日劇関係者で出ていたんです。先生はこーんな大きいつるつるしたキューピーさんを抱えて出てらして、お祝いに深沢さんに上げていらっしゃいました。そのときの印象は忘れられなくて」

「あのキューピーさん、毛糸でしらがの頭結って、陰毛も毛糸のしらがにしてあったでしょ。あれは、あたしが作ったんです」焼酎で酔払ってしまった。インモーなどという言葉をすらすらと発音してしまった。

「あの会には正宗白鳥先生もお出になられましたなあ」おじさんは、いよいよ懐かしそうな口調となり、丸尾長顕《ちょうけん》さんの話も、ちょっとする。

いつのまにか表の電車の音がしなくなっていた。十二時を過ぎているらしかった。また線路ばたに出て行ったMさんが、「雪が降ってきた」と頭に雪をのせて戻ってきた。そして、つっ立ったまま、「イワの上にタオルが干してある」と、うわ言のような独り言を呟き、それからどっかり腰かけると、「ボクはこの頃、三十五、六年前に死んだ飼犬のことをしきりに思い出します。Yさんのこともそうだ。生きている者より死んだ者の方が日々記憶に新しく生きているんです。泰淳さんもそうです」と、涙声になった。

「M先生。ここのお勘定はあたしが払いたいのです」Hが財布を握って立ち上り、一番早く調理場の方へ入ろうとした。「いえ、あたしが」と私が追いかけた。そのあとから「ボクが」とMさんが割り込んできたので、人一人の幅しかない通り口に三人の胴体がぎゅうと詰り、動けなくなってしまった。

一人きたお客といれちがいに表へ出ると、牡丹雪が降っていた。

＊二二二ページ。正しくは『翼よ！あれが巴里の灯だ』。（編集部注）

あの頃

敗け戦ではあったけれど、このままいつまでも続き、その間に誰も彼も私も、あと先はあっても死んでゆくのだと思いこんでいたら、ある日、思いがけなく戦争は終り、真青な空の下でポカンとしてしまった。

横浜の空襲で焼け出された私は、近県の山奥の一軒家で、中学生の弟と暮していた。飲み水は岩清水、灯りは石油ランプで新聞もラジオもなかったから、食糧を買出しに山を下りたとき、下の村まできている噂をきいた。ジープという車に乗ったアメリカ兵がやってきて、若い男は殺され、若い女は人身御供となる。――臆病者の二十歳の私は、自害など出来そうもないし、もうじきアメリカ兵が山まで上ってきたら、うわあと泣きながら人身御供になろう、と思った。

秋が深まるにつれて、下の村の疎開者は少なくなっていった。めいめい荷物を背負って、嬉しそうに東京へ帰っていった。

川ふちの農家の蚕室《さんしつ》を借りていた牛込の床屋さんは、土蔵の前に一台だけ持ってきた鋲《びょう》飾りのある床屋の椅子を据え、これも大切に持ってきた斜め縞の床屋の目印看板を脇に置き、白衣をきちんとつけて、地元の人や疎開者の頭を刈り、料金を食糧で貰っていた。その床屋さんが東京へ帰ってしまったときには、しんから淋しくなって、ここでない、どこかへ出て行きたいと思った。その年のうちに帰らないと、来年以降は疎開地から大都市への転入は出来なくなる、という噂もあった。

年の暮近くになって、縁者を頼って東京へ出てきた。地下鉄、都電、省線、東京にはいろいろな電車が、ぎゅうぎゅうづめに人を乗せて走っていた。靴磨き用に細長く布を切りとられたり破かれたりして藁がはみ出ている座席、ガラスの代りに板をうちつけた窓、板の間に合わない窓から風が吹き通っていったが、満員なので顔だけしか寒くなかった。

省線電車の一番前に一輛つけてある進駐軍専用車だけが、夢の応接間のように綺麗で空いていた。日本人の女がアメリカ兵につれられて乗っていた。ずいぶん長い時間電車に乗っていても、まだ東京だった。東京は広漠としていた。

大きな駅のまわりには、よしず張りか焼けトタンで囲った店の並ぶ闇市があった。公定価の二十倍三十倍の値で、欲しいものは、たいてい売っていた。肩をこすり合せて人ががかっていた。男も女も売り手も買い手も茶色の顔をしていた。着ているものも持物も茶色がかってくすんでいた。女をつれてタバコや菓子を換金にきているアメリカ兵が、茶色の波から白い顔を出して歩いていた。モツのごった煮、芋粉まんじゅう、いか、さばの干物、ゴムの前掛や紐、干柿。ふかし芋は大きく見せたいため、出来るだけハスに切って、切口を上にして並べてあった。芋粉まんじゅうに、マッカーまんじゅうと名前をつけたのがあった。マッカーサーを略したのである。

闇市の裏には強制疎開跡や焼け跡がひろがり、大きな穴があいていたり、崩れたコンクリートから銹《さ》びた鉄筋が、ぐなぐなにうねって剝き出ていたりした。その蔭で用を足していると（駅の公衆便所は扉も便器もこわれていた。前の人や前の前の人のうんこがあるのは怖い。自分のも怖いことがあるが他人《ひと》のはもっと怖い。またこれは別の話だけれど、当時、公衆電話ボックスの中にも、必ずといっていいくらい、大量にしてあった。しかし、私には電話をかける用事があまりなかったため、不便を感じなかった）、すぐそばで自分のでない水の流れる音がしている。私が終っても向うはまだしている。われた水道の鉛管から草むらの中に、綺麗な水が噴き出ているのだった。

私は体が丈夫だったので、というより、想像力が乏しくてぼーっとしていたので、何でも出来そうな気がした。露店の菓子屋、菓子製造屋、出版社事務員、アイスクリーム屋、ＰＸ横流しの舶来化粧品売り、玉チョコレートの行商、そのほかのこともいろいろやった。収益はみんな食べてしまった。見合も何度かやった。どれも先方が断ってきた。無愛想、笑わない、というのが理由だった。

なにしろ去年なんかは、男が二十四歳、女が三十八歳の平均寿命でしたからね、いまは男一人に女トラック一杯という御時勢ですからね、と間に立ってくれた人が忌ま忌ましげに言うのも、私はぼーっとして聞いていた。

山の手線外回りに乗ると、巣鴨か大塚あたりか、線路ぶちの焼け野原に「全国のお婿さん、角萬とは何ぞや」と、戸板一枚に一文字ずつ、太太と墨でのたくって、横長に配列した立看板があった。あれは一体、何のことだろう、と左の窓からいつも眺めていた。何となくワイセツな気持もしていた。

ぶどう糖を進駐軍のハーシーココアでまぶした玉チョコレートの行商をしているとき、得意先に神田神保町冨山房裏のRという酒房があった。玉チョコを卸し、一週間後、売れた数だけ代金をうけとり、補充する。代金をうけとって、まわりを見まわすと、客のほとんどが、透きとおった、または少し白濁した液体の入ったコップを握りしめて、愉快そうにしている。今度は椅子に腰かけて客となり、玉チョコ代金で、みんなと同じもの（カストリ焼酎）を注文した。カストリは五臓六腑にしみわたって、指の先まで力を漲らせてくれた。闇のカツ丼よりも天丼よりも確実に、迅速に、お腹をいっぱいにしてくれた。毎週くり返すうちに、いっそ、この店で働くのが一番手っとり早いのではないか、と気がつき、女給仕となった。まもなく家を出て店の二階に住みついた。

その頃だったと思う、進駐軍の命令で、五月一日だか二日の夜十二時に時計の針を一時間進め、九月のいく日かの夜十二時に針を一時間戻す「サマータイム（夏時間）」がはじめられたのは。

駿河台の坂を上ったところのお茶の水橋と、小川町の坂を上ったところの聖橋《ひじりばし》、あの二つの橋が好きだった。サマータイムの妙に長たらしい明るい一日にくたびれて、大酔いに酔ったあげく、坂をせっせと上ってきて、お茶の水橋から神田川へ、ナンダイ、コンナモノ、と日傘を放ったり、靴を脱いで投げ捨てたりした。どっちかといえば、聖橋の方が、凭《もた》れかかった具合がよかった。

ある晩、聖橋の欄干のまん中へんについている飾りの凹みのところに脇腹を挟んで（冷たくていい気持なのだ）、頰杖ついて上り下りの電車の灯りを見下ろしていたら、遠くの向うの闇空に、花火が三つばかり重なって、ふうっと湧いて消えた。少しして音が鳴った。戦争中途絶えていて、久しぶりに揚がった隅田川の花火だった（それは、あとになって知ったことで、あのときは、ただ、ぼーっとして涙ぐんで見ていた）。

『日日雑記』より

ある日。

玉（うちの飼猫）は今朝八時までに、日光浴をし水を飲んで牛乳を飲んで「北海しぐれ（カニアシの名前）」を食べ、毛玉を吐いてゲロも吐いて、うんことおしっこをした。あっという間に、一日のうちにすることを全部してしまった。玉は十八歳、ヒトの年齢でいったら九十歳である。若い。えらい。すごいと思う。

午前中本郷の印刷屋に用足しに出かけ、帰り、根津の貝屋で「新のり」四百八十円。昨日今日と続けて急に冷え込んできた朝にとれた海苔を食うとうまい、と貝屋のおじさんは言う。俺はわさび醬油で食ってんだ、と言う。そうか、そういう食べ方は知らなかった。朝御飯を食べずに出かけてきたので、急いで戻って御飯を炊いて試してみた。

それだけではもの足りないように思ったから、ちょっと考えて、ねぎを刻んだ。刻みねぎに醬油をたらして熱い御飯の上にのせて食べ、次にわさび醬油の海苔をのせて食べた。

まだ少しもの足りないような気がして途中で考え、甘いいり玉子をこしらえて、三種類を代り番こに御飯にのせて食べた。

しばらくして気持がわるくなった。


ある日。

晴れ。「昨夜みた夢は、めずらしくはっきり覚えてる。隅田川をわたしがいい気持になって泳いでいる。そしてすぐ斜め上を、並行しておかあさんが翔んでました」朝御飯のときにHが言った。

「このあたしが？　このまんま翔んでた？　空中を？　羽もなくて？　こうやってか？」

「うん。そうとしか思えない。すぐ斜め上というのは空中だからね」

「どんな顔してた？」「まじめな顔」

テレビを見ていたら、大家族の中で暮している老人は、一人暮しの老人より長生きであることが、調査の結果わかった、といっている。理由は刺激があるので若々しく長生き出来るのだ、とその番組に出てきた老人学専門の学者がしゃべっている。では一人暮しの老人より、どのぐらい長生きなのかなと、関心をもってそのあとを続けて見ていたら、全く、ほんの、すこうしだけ長生きなのであった。何だ、鬼の首でもとったような騒ぎ方をして。一人暮しの老人にわるいではないか。一人暮しを全部が全部好きでやっているわけではないのだ。いろいろな事情があってそうなってしまっている人もあるのだ。ほんの、すこうししかちがわないのなら、いいじゃないですか。大きなお世話です。

K駅のガード下をずっと行ったところに、アカデミ劇場という看板のポルノ映画館があって、老人の日の前後にその前を通ったら、半紙に墨書きの貼紙があった。

『老人福祉週間。証明書をお見せ下さい。半額』この簡単明瞭で温かい言葉。その貼紙を思い出す。まあお客が少ないから、こんなことをしているのかもしれないけれど。いいでしょ、この貼紙見て喜んで楽しみにして半額で入りにくる老人がいるのだから。辛うじて残っているポルノ映画館、ゆらゆらと老人が自転車を漕いで一人やってきて、自転車をたてかけ、汚れた厚ぼったい黒いカーテンをまくって吸い込まれて行く。三本立である。三本立いくらなのだろう。本当のところ、どういう気持でやっているのかはわからないが、老人を半額にしているのは、えらい。証明書をお見せ下さい――、六十五歳以上が半額なのかしら。ただ年をとっているように見えたからといって入れてはくれないのだ。この厳格さ、年寄りだからといって矢鱈《やたら》甘えさせないのも、えらい。

ある日。

午後、E氏来て確定申告書に目を通してくれる。E氏が帰ってから、羽虫のように雪が漂いはじめ、風とともに次第に多くなり、迅速に雪景色の夜となった。

子供のころ、雪が霏々《ひひ》と降る、という言いあらわし方を、雪がヒイヒイ声をあげて泣いて降ってくるように見えるから、そう言うのだと間違えていた。それからもう一つ、これも子供のころ、間違えていた。隠れて読み耽った大人の本の中によく出てくる、（娘が）犯された、（女を）犯した、という言葉を、殺された、殺した、ということなのだと一人合点していた。殺されたはずの娘が、すぐあとに平気で生きているので何だかヘンだなとは思いながらも。

ドーバー海峡でイギリスのフェリー船が転覆した。死者行方不明二百四十人。テレビニュースで。

埴谷（雄高）さんから、夜、電話があった。

「一昨日、武蔵野の日赤に入院して、昨日（白内障の）手術をし、今日帰ってきました。帰ってきて眼鏡をかけないで、溜っていた雑誌をもう読んでます。先《ま》ず最初に澁澤龍彥君の幻覚の文章を読んだ。痛み止めの薬が幻覚をひき起し、その薬による幻覚は、さめてもはっきり覚えているので、澁澤君はそれを書くことが出来たんだね。この間、重症のぎっくり腰で入院した斜《はす》向いのO夫人も同種の薬を痛み止めに使用したらしく幻覚を見、さめても同様に記憶していて幻覚を僕に語りました。澁澤君は文学者だから幻覚も文学的で、蘭陵王《らんりようおう》などが出てくる幻覚でしたが、O夫人のは幻覚でも極めて現実的でした。『埴谷さんが向うからやってきて柱に頭をぶつけてコブをこしらえた』などという幻覚でした」

ある日。

「テレビ三面記事」*という番組。――熊本県の田舎に泥棒がやってきた。それと気がついた村の人たちは何とか芝居をうって引きとめて捕まえようと、田んぼを見せたり、寄ってたかって世間話をきかせたり、泥棒の自慢話をきいたりして、時間を稼いで捕まえた。そのさい、一番早く見破って通報し、一番の手柄をたてたお婆さんが、何十年もの間、一日として欠かさず日記をつけ続けている日記婆さんであることがわかったので、テレビ局の人が見せて貰うと、「×月×日、クモリ、ワルモノガキタ」とだけ書いてあった。お婆さんは毎日一行の日記をつけていた。村中こぞっての大騒ぎがあった日の日記もこれだけだった――。

ああでもない、こうでもないと、日日だらだらとものごとを書きつける私は恥ずかしい。

＊正しくは「テレビ三面記事　ウィークエンダー」。（編集部注）

ある日。

夕方まで、だらだらと雨が降った。少し裁縫をし、少し本を読み、電話がかかってきて、ちょっと喧嘩した。夜になると、ざんざん雨が降った。レコードを出してきてかけた。

X氏が電話をかけてきて、私のやり方（暮し方）について、あれこれと説教したのだ。あまり強引な言い様だったから、むっとして「自分のことは自分できめる!!」と、言ったのだ。自分の吐いた言葉が、めったに使ったことのない言葉だったので、電話をきってからも、しばらく興奮していた。興奮が去ると、使いつけない言葉なのに、どこかで聞いたことのある言葉だと思った。よく考えてみたら、一週間ほど前、日本の総理大臣がアメリカに行き、向うのえらい人たちにとり囲まれて、日米貿易摩擦の牛肉、オレンジ、自動車を問いつめられたとき、ついに口から滑り出てしまった一言なのだった。また、総理大臣は帰国すると官房長官（？）から忠告をうけたが、そのさいにも「自分のことは自分できめる!!」と口癖になってしまったかのように返事した一言なのだった。私は新聞で読んだのだ。

新聞で。女が男を殺した。その男は、夜遅く帰ってくるわ、ぶらぶらしてるわで、どうにも仕様のない男だったので殺してしまった。殺してしまったあとで分ったことには、男は稀代の大泥棒で、長い間必死になって警察が捜していた人物だった。夜遅いのは泥棒だから当り前だったのだ。昼間ぶらぶらしてるのも当り前だった。せっせと泥棒して、少なからぬ金品を女に渡していたらしい。何だかこの男、可哀そうだ。

ある日。

H、アメリカのサクランボ五百グラム買って帰ってくる。新宿の果物屋Tには中高年の女客が行列を作っていたそうだ。テレビ局の人がやってきて、その光景をうつし、輸入解禁について感想をきこうとしたので、是非ひとこと言ってやりたかったけれど、今日はお化粧をしてこなかったし、髪の毛も寝癖で外側に跳ねているし、着てきた服も気に入らなかったので、ひっこんでいた。すると、お化粧もばっちりと、空色の洋服もなかなか綺麗なおばさんが悠然と進み出て、「わたくしどもは安くておいしいものを頂きたいのです」と、簡にして要を得た返事をしたので、これに盡《つ》きると満足して帰ってきたのだそうだ。

似たことが私にもある。国会図書館に行くと、あすこは怖い。先ず、朝、入口の外のベンチで入る順番を待っている。すると並び方がまちがっている、と注意される。次には貸出窓口で、貸出申請用紙への書き入れ方がまちがっている、と注意される。その声が口の中でブツブツと、聞きとりにくいので、聞き直すと、実に面倒臭そうなイヤな顔になる。そして一寸《ちよつと》だけしか教えてくれない。次、貸出本の受渡しのさいには姓名をよばれたらハイと返事をしてすぐさま受けとりに出て行かなくてはならないが、長時間待たされたときなどは、のどに痰《たん》が絡まって声が出てこない。または、ハイと小さな声しか出ない。すると、大きな声でわかるように返事して下さい、と注意される。姓名を呼び出す貸出係の声は、わざとそうしているとしか思えないぐらいのくぐもり声なので、皆は耳にかぶさる髪の毛をかきわけ、ひたすら耳を澄ませて自分の姓名が呼ばれるのを聞きとろうと、待合所の椅子に着席、便所に行きたいのもこらえて待つ。いつだったか七十五、六の痩せて背の高い老人が、はじめてきたらしく、ああでもない、こうでもない、こっちではない、あっちへいって、と何度もやり直させられて、カンシャクが起きたのだろう。体を震わせ、口角に泡をためて叫んだ。「もう我慢が出来ない。若い皆さんがどうしていいなりになってるんだ。いいですか。こういう権力をカサにきた傲慢無礼な態度をゆるしておいちゃいけないんだ。こないだの戦争はそれで起きたんだ」みんな眼を合さないように、うつむいて本を読んだり筆箱をいじったりしていた。

（そうだ。やたらと威張るな。口をあけて、はっきりものを言え。ものを教えろ。）こう口の中で練習したのち、私は老人に応えて立ち上り、練習した通り言いたかったのだけれど、昨夜よく眠らなかった黄ばんだ顔に口紅もささずに出かけてきている自分に気がつくと弱気になり、うつむいてしまった。

口紅をさすと元気が出るのだ。口論になりそうな場所へ出かけなくてはならないときは勿論、交番や警察へ出かけていくときも、税務署へ行くときも、字を書くときも、口紅さしてからだ。

そんな癖がついたのは、敗戦後まもなくの頃からだ。進駐軍のPXから横流しされる舶来化粧品を売り歩くのを仕事にしていたので、商売ものの口紅を使ってみたのがはじまりだ。アメリカのミッチェルという硬質の口紅が好きだった。ちょっとちょっと口紅が濃すぎるよ、ダラクしたね、などと人にいわれても、毎日真紅に塗りたくって、機嫌よかった。

単行本未収録エッセイ

椎名さんのこと

「椎名*さんは女に好かれるね」というと「椎名は女ばかりじゃない。男にも好かれるらしい。そういう話を書いている」武田は教えてくれた。「どれどれ」私は急いでその小説を読んだ。そこにでてくる関西弁のゲイボーイが、椎名さんらしい人に真心をつくすいじらしさは、女もかなわない。

昭和二十二、三年ごろ、神田神保町の冨山房裏に「らんぼお」という店があった。私はそこの女給をしていた。日本酒やビールは金のある人が飲み、ふつうの人はカストリ焼酎を飲んでいたころだ。この店でだすカストリは、元陸軍将校が密造して売りにくる、純度の高い割合と上等な方だったが、「眼《め》ピリ」といわれる密造酒なども町には出まわっていた。酒をついだコップに顔を近づけると、眼がピリピリする。それを沢山飲んだりすれば、翌日眼が見えなくなっているのだ。安酒のときは、皆、片眼をぱっちりとひらいてコップに近づけ「や、眼ピリだ」「これは大丈夫」と、メチル含有の多少を調べてから飲んだ。

しかし「眼ピリ」と分ったって、自分の前に酒が置かれれば、たいていは飲んでしまう。危ぶみながら飲んでも、失明したり死んだりすることなく、幸いにして翌日無事に眼覚める頑健な体の人が多かったのだ。昔、わる酒をがぶがぶ飲めた頑健な人は、近ごろ、あちこち痛んだり、死んでしまったりしたな、と今になって思う。

この店で椎名さんにはじめて会ったときのことは覚えていない。扉をあけて、申訳なさそうな顔つきで入ってくる椎名さんは、すでに「展望」に小説が載って、新しい宝石のような存在になっていた。そういえば、赤岩栄という牧師さんも始終きていた。きっと椎名さんとは知合なのだろうと思うが、椎名さんが話していたり、一緒に出入りしていた姿は覚えていない。よく梅崎春生さんと連れだってきた。梅崎さんと一緒のときは、すべてにわたって椎名さんをかばうように、梅崎さんが兄さん兄さんしてふるまっていた。ときどき急に愉快になるらしく、椎名さんが吃《ども》ったまま雄弁になる。すると梅崎さんは、黙って、にこにこ聞いていた。

椎名さんは一人のとき、一番奥の席に前こごみになって腰かけていた。その席は昼でも暗く、夜は灯りが届かず、便所のそばなので、客や店の者がドタンバタン、ザザー、またドタンバタンと、駈けこんでは出てくる音が聞えてしまう。でも、妙に、沈澱してしまうような落ちついた席だった。鳥打帽をかぶった椎名さんは、入ってくると「ボクにウイスキー下さい」と注文してから、いいような悪いような、そこに坐った。

店でだしているウイスキーは、サントリーとオグラウイスキーで、サントリーは寿屋の本物。オグラはオグラさんという理学博士が作っている、眼などつぶれない大丈夫のものだった。ここでウイスキーを自前で飲む人は原稿料が思いがけなく沢山入った人か、家にある何かを売りとばして金を作ってきた人か、だった。「椎名さんはいつもウイスキーを少しずつ静かに飲んでる。金持なのね」と武田に話したことがある。武田は「椎名は金があるからってウイスキーを飲む奴じゃないだろ。体を大切にしてるんだ。子供のときから苦労したらしいからなあ」と言った。

毎週水曜日だかに「ドストエフスキー研究会」という集会があった。隣りの画廊（これも「らんぼお」と同じく、昭森社の森谷均《ひとし》さんの所有で、近代文学の事務所にもなっていた）に、その日になると十人位の人がやってくる。埴谷雄高さんや思索社の片山修三さんも、この会で話をしていたのだと思う。店の女主人は四十近い文学好きの人で主催者側だったらしく、熱心に肩入れしていた。その日、バーテンや私たちは、狭い画廊にギュウギュウ詰めて腰かけた人たちに、灰皿や用意したお茶を運ぶ。どんな人が会員だったのか、どんなことをしていたのか、私はいまも知らないが、ドストエフスキーの研究をしていたらしかった。椎名さんは女主人に好かれた。

ドストエフスキー研究会には、お茶だけでなく、メリケン粉のうす焼きを作って、女主人は振る舞った。当時は、うす焼きパンなど大御馳走のうちである。女主人は毎週水曜日のその時間になると台所に現われ「皆さんにお茶を!! それからパンを焼いてね」と、張りのある喜ばしげな声でいいおき、ノートと筆記道具を抱えて隣りの画廊に出かけてゆく。そのうちに「皆さんにパンを!!」といったあとに「椎名さんだけお砂糖入れてね」と、つけ加えるようになった。毎週水曜日のドストエフスキー研究会のうす焼きパンは、椎名さんのだけ、お砂糖を入れて焼くことになった。お砂糖は貴重だったから、ほかの人のには一粒も入らぬよう、椎名さんのには、多過ぎぬよう、少な過ぎぬよう、私たちは念を入れて焼いた。運ぶのだって難かしかった。よくよく見れば、砂糖入りはほんの少しだけだがツヤもあって、ほかのより透明度があるが、大きさも形も色も厚さも同じだから、運んでいるうちには判らなくなってしまう。私は椎名さんのパンにフライ返しで×点をつけて見分けることにした。いつも×印のパンが椎名さんの前にいくようにした。ほかの人も椎名さんも、同じようにおいしそうにパンを食べた。店に戻ってからも、パンを焼いた匂いが袖口や指先から抜けないうちは、隣りの画廊の会のことが、特に砂糖入り×印パンを食べている椎名さんの姿がちらついた。私はいつも大へん空腹の人だったから。

ドストエフスキー研究というような題の本をみかけると思い出す。このようにもてていたのよ。と、椎名さんに話す折りもなくておわった。

椎名さんの死の知らせは、武田と二人の朝御飯のときにうけた。「椎名がねえ。とうといけなかった」夫人の低い静かな声に、胸一杯の歎《なげ》きがこもっていた。夜半、お嬢様と二人、抱くようにして臨終をみとられたあと、起してはわるいと遠慮され、朝食どきまで待って電話なさったのだと思う。埴谷さん御夫妻と一緒に椎名家へ伺うことになり、すぐ吉祥寺の埴谷さんのところへ向った。甲州街道から水道道路へ入ると、道路工事のため、長い距離が片側通行になっていて、車は渋滞し続けた。三月の末、生まあたたかい、南の風が荒れ気味の日だった。一寸刻みにしか動けない、まだるっこい車の窓から見える薄陽の空に、黄塵がときどき大きく渦を巻いて舞い上った。人家の垣根越しに、遠い二階家の屋根越しに、白い木蓮と白い辛夷《こぶし》の花が満開の極みだった。車の進み具合に焦《い》ら焦《い》らしていた私に、助手席の武田はぼんやりと「キリストの死んだ日みたいだなあ」と話しかけてきた。

葬儀のあと、締め切りの迫っている追悼原稿を口述筆記でした。口述の間、二度ほど武田は絶句した。ふらふらと立上って窓のそばにゆき、裏の神社の森の木のあたりをしばらく見ている恰好をしていたが、机に戻って、また口述を続けた。そして「美しい女」から、夫婦の会話を引用し、そのあと「——こう書いたとき『神様』ではなくて、神がその哀れな会話にまぎれて、椎名氏の身近に降りてきつつあったのかもしれない」と、震えてきた声で口述し終ると、涙をたらたらとこぼした。鼻水も長くひいて垂れ放題となり、半開きの口の中に一緒くたに入った。立て膝に首を落したまま「椎名はよくやったなあ」と言った。

椎名さんの熱心な愛読者で、親しい友人の一人だと、いつも思っていたけれど、いまになって気がついた何かがあって、その永い間の自分の不明を恥じ、詫びているように、椎名さんの仕事への惜しみない拍手のように、それは聞えた。

椎名さんも武田もいない。淋しい限りのことだ。

＊二四六ページ。作家・椎名麟三のこと。（編集部注）

富士山麓の夏

いつの夏だったか。大学が休みになって山へやって来た娘をつれて、大岡山荘の玄関先へ伺うと、ちょっと、ちょっと、と紙きれを手に持ったパジャマ姿の大岡さんが、斜めにかしいだように出てこられて、「この中で面白いのある?」と娘に訊かれた。大岡さんは山へ来ると、富士吉田にある三本立(二本立のときもある)映画館にかかる七月八月分の映画の題名と上映時間割を、映画館に電話して、すぐ調べてしまわれるらしい。

「あ。この『悪魔のいけにえ』、これが名作です。是非おすすめします。私ももう一度観たいぐらい」紙きれを一覧した娘が自信をもって答えると、大岡さんは「よし」と、そこのところに印しをつけられた。

『悪魔のいけにえ』は、田舎のおじいさんの別荘へ行って遊ぶつもりの兄妹とその友だち五人の青年男女が、車を走らせている途中で、次々と怖い目にあう。やっと目的の別荘に到着したら、何と隣家には殺人鬼家族が暮していて、もっとひどい目にあう……というあらすじのアメリカ映画である。

大岡さんのお役に立ったので晴れがましい気分になり、スキップしそうな足取りで、私たちはうちへ帰ってきた。「大岡はいたか。どうしてたか」と、いつものように武田が訊いた。この報告をすると、何だかつまらなそうな顔をした。

それから十日ほどして伺うと、大岡さんは玄関へ出てこられるなり、「おいおい。よくもあんなもん、すすめてくれたなあ。何が名作なもんか。ありゃメチャクチャな映画だよ。シャクだから観てたけど、とうとう我慢出来なくなって途中で出てきた。ほんとにひでえなあ。いま思い出しても気持わるい」と頭をふるって憤慨されたので、私は驚いて、すみませんでした、と恐縮するばかりだった。「大岡はいたか。どうしてたか」涼み台にひき出した椅子に腰かけていた武田が、いつものように訊いた。今日の大岡さんについての報告をすると、歯のない口をぽっかり開けて、ああいい気味!! という風な笑い方をした。

うちの庭から野原一つをへだてて西の方角に、大岡山荘の玉虫色に光る青い屋根が見える。大岡さんのお宅へ私を使いに出すとき、「玄関で失礼してくるんだぞ」と武田はいった。二人で出かけるときには、「あんまり飲んじゃいかんぞ。行儀よくしなきゃいかんぞ」といった。

昭和五十一年の夏は、大岡さんがなかなか山へやって来られなかった。八月五日の晩、湖上祭の遠花火の音を、雨戸をたてた家の中で聞きながら、「大岡のやつ、あしたは来るかな」と武田はいった。心臓の具合をわるくされたので、山へ来ても大岡さんは出歩かれなかった。あの年は、雨の日が多く、いやに夏が短かかった。武田は二度、大岡さんのお宅へ伺った。二度目は、九月に入ってからだった。石油ストーブを焚いた食堂で、「もう帰るよ。前は寒くなればなったで、ダンロに火なんか焚いて楽しんだけど、寒いの我慢するのなんか、バカバカしくなった」と、大岡さんはいわれた。二、三日して私は肉まんをこしらえた。大岡と大岡の奥さんに二つずつやりたい、と武田がいうので、ふかしたてを持って行くと車がなく、玄関の前の凸凹した火山岩の石畳が、露でじっとり濡れていて、階下にも二階にも黒い雨戸がたてまわしてあった。その晩、「こんなに寒くてはバカバカしい。俺も帰る」と、武田はいいだした。そうして、東京に帰るとまもなく寝込んで、十月はじめに死んでしまった。

このごろの夏も、私はときどき大岡さんのお宅へ行く。お上り下さいな、と奥様がいわれる。それでは、とすぐサンダルを脱いでスリッパを履き、五、六歩歩いて食堂の椅子に腰かけてしまっている。そして、奥様がつがれるビールを、するすると飲んでしまっている。以前には、食堂の大きな窓の右下の方に、空の色と似ているので目立たないが、河口湖が平たく遠く見えていたのである。夜になれば湖畔の灯りが、キラキラした首飾りを放り出したように、闇に浮んでいたのだけれど、いつのまにやら見えなくなっている。裏庭の木立の背が高くなったからだ。その向うにひろがる村有林の背も高くなったからだ。デデという、薄茶色のつやつやした長い毛がぺったりと体にくっついて生えている犬がいた。よその人が大好きな犬で、食卓の下の四人の膝の間を、触ると妙に温かい大きな背中をくねくねさせて、出たり入ったりした。躁《さわ》ぎ過ぎて、くおん、くおーんと吠えたりして、大岡さんに叱られたのである。デデには、八年ぐらい、毎年山に来ると会った。武田が死んだ翌《あく》る年に死んだのではなかったかしらん。

大岡さんはぎっくり腰で、階下の和室に寝ておられる。ラクダ色のいい毛布を頭からかぶって寝ておられる。昨日、田貫湖《たぬきこ》の鱒《ます》料理を食べに行ってる間も、少し様子がおかしかったが、帰ってきたら本格的に痛くなったそうなのであった。食堂との境の障子をあけて、大岡さんは寝たまま奥様に命令し、奥様が厚い大きな本を持ってきて私に見せて下さる。富士吉田市のおもいでシリーズ写真集で、その中に井伏鱒二先生と天下茶屋の主人と武田が並んでいる写真があった。大岡さんは毛布から顔だけ出して、今年は富士山の研究をするぞ、とおっしゃった。二言、三言話すと、毛布をかぶり、しばらくすると毛布から顔だけ出して、「あああああ、あああああ、いやんなっちゃうなあ」といって、また毛布をかぶられる。奥様はまったく取り合わず、静かに私のコップにビールをつがれる。

「『二百三高地』は観た？　面白いかね」

「はい。観ましたけど、面白くありませんでした」

「そりゃ、そうだろ。当り前だ」

「でも、ずいぶん混んでました」大岡さんは返事なんかしないで、毛布をかぶってしまわれた。

解説

阿部公彦《まさひこ》（東京大学教授・英文学）

武田百合子の著述がはじめて世に知られるようになったのは、一九七六年（昭和五十一年）、五十一歳のときのことだった。百合子は小説家・武田泰淳《たいじゅん》の妻としてすでに文壇にも知己が多かったが、それまで公の場で文章を発表したことはほとんどない。それが、この年の十月、泰淳が癌のために死去すると、夫妻が所有した富士山麓の山荘での生活ぶりを百合子がずっと日記につけていたことが明らかになり、泰淳と付き合いのあった中央公論社の編集者・塙嘉彦が通夜の席で、この日記を文芸誌「海」に掲載しないかと百合子に持ちかけたのである。それまで百合子は自分の書いたものを積極的に外に出すことはなかったが、このときは「供養の心持」でこの提案を受け入れた。

こうして「富士日記」が日の目を見ることになる。日記は「海」の一九七六年十二月号から連載され、翌年には単行本の上巻、おって下巻を刊行。これをきっかけに、それまで「作家の妻」だった百合子が、一人の文筆家として脚光を浴びることになった。

『富士日記』は驚くべきものだった。高名な作家の私生活の記録が注目を浴びるのはそれほど不思議なことではないが、『富士日記』にはそうした好奇心とは無関係に、読む者を虜にする魅力があった。この日記に登場すると、どんな人でもどんな出来事でも、かなりおもしろい、おかしい、変な感じになってしまうのである。元々個性的と言われているような人物でもおかまいなしだった。一例をあげると、深沢七郎。

三時ごろ、深沢七郎さんが、ひょっこり現われる。（中略）深沢さんは「ここは富士山の中《なか》ですか？　中じゃないでしょうねえ。やっぱり、中かな。裾野が下に見えるから。一合目かしら」とそのことばかり言っている。「なかでしょ。字《あざ》富士山という番地だから」と言うと、心配そうな、いやそうな面持をする。深沢さんの一族は富士山に登ったり、富士山のなかに入ったりすると、必ず悪いことが起るのだそうだ。キチガイになった人とか、盲腸炎になって死んだ人とかあるそうなのだ。そのことを話して、深沢さんは飛ぶようにして帰ってしまった。そして、こんなことも言った。「富士山の見えるところに美人はいないですねえ」。いやだなあ。

夜、南條範夫のザンコク小説を花子と読み耽る。（二一二～二一三ページ）

富士山の呪いというと禍々《まがまが》しいはずなのだが、深沢の様子はどことなく素っ頓狂で、こちらがどう受け取ろうかと迷ううちに、話があれよあれよと進んでしまう。『富士日記』を読む最大の楽しみはおそらく、読者として、こうしてキョトンとすることにある。美辞麗句や皮肉めかした警句はないし、言葉はまっすぐなのだが、なぜか一寸先が闇。思いがけない人や出来事や表現（とくに科白！）が次々と連なって、おもしろおかしくて笑ってしまう一方、身体の変な部分が涼しくなっていくような、不安になっていくようなスリルもある。

百合子は楽しいことや心地良いことだけを見ていたわけではない。そうではない部分、恐いものや、嫌なものや、死をもいつも目の端でとらえている。だてに武田泰淳の妻ではなかったのである。泰淳という作家は、戦時中の人肉食事件を描いた「ひかりごけ」などにも見られるように、凄惨で深刻な状況をまっすぐにとらえる観念の屈強さを備える一方、そうしたのっぴきならない人間性の行き詰まりを、ふっと手品のように解放してしまうさばき方も知っていた。『富士日記』の世界もどこかそれに似ている。出てくるのは百合子や泰淳や娘の花をはじめ、近所の外川さん、大岡昇平、竹内好《よしみ》、工事の人、追突してきたトラックの運転手、スタンドの人、野次馬、ちんぴら、お医者、犬などいろいろだが、そういう中で人間の付き合っていかねばならないことのぴんからきりまでと接しながら、力で組み伏せるような語り口には決してならないのである。

日記はもともと泰淳の勧めでつけ始めたものだった。はじめは渋っていた百合子だが、「俺もつけるから。代る代るつけよう。な？　それならつけるか？」と説得された。「どんな風につけてもいい。何も書くことがなかったら、その日に買ったものと天気だけでもいい。面白かったことやしたことがあったら書けばいい。日記の中で述懐や反省はしなくてもいい。反省の似合わない女なんだから。反省するときゃ、必ずずるいことを考えているんだからな。百合子が俺にしゃべったり、よくひとりごといってるだろ。あんな調子でいいんだ。自分が書き易いやり方で書けばいいんだ」（「絵葉書のように」）。

泰淳のこんな言葉を受けてはじめた日記を、夫の死後、百合子はぱったりやめてしまう。やはり想定読者は夫だったのだ。死期を悟った泰淳が「生きているということが体には毒なんだからなあ」と口にしたとき、「私は気がヘンになりそうなくらい、むらむらとして、それからベソをかきそうになった」とふだんの書きぶりに少しだけ負荷がかかっているのがとりわけ印象的だ。（二四四ページ）

『富士日記』以外でも、本書に収録された「枇杷」や「椎名さんのこと」「富士山麓の夏」など、泰淳のことを回想したものには佳品が多い。いずれも死の影が鮮明で、哀切感も苦しいほどだが、文章はすくっと立っている。

二、三日して私は肉まんをこしらえた。大岡と大岡の奥さんに二つずつやりたい、と武田がいうので、ふかしたてを持って行くと車がなく、玄関の前の凸凹した火山岩の石畳が、露でじっとり濡れていて、階下にも二階にも黒い雨戸がたてまわしてあった。その晩、「こんなに寒くてはバカバカしい。俺も帰る」と、武田はいいだした。そうして、東京に帰るとまもなく寝込んで、十月はじめに死んでしまった。(「富士山麓の夏」二五四ページ)

どうということのないようで、こんなふうにはなかなか書けない。晩年、脳血栓のために執筆に困難が生じた泰淳のために、百合子は口述筆記の役を務めた。それが文章修業になったと言う人もいるが、百合子の書くものに過剰に作家・泰淳の影を見るのは考えものだろう。弟の鈴木修も、百合子の「文学修業説」には否定的だ。「百合子の表現のしかたみたいなものは、昔から百合子がもっていたもののように思います。小さいときから百合子の話は意外性に富んでいました。(中略)文章のリズムみたいなものっていうのは、読んでいてなつかしい感じがします」(「文藝別冊・武田百合子」所収「インタビュー　姉・百合子の素顔」)。同じ「富士」を舞台にした泰淳の重厚な『富士』と、百合子の『富士日記』とを読み比べてみても、二人の資質の違いは明らかだ。

泰淳の短篇に「もの喰う女」(一九四八)というものがある。一方に男づきあいの多い、派手な顔立ちで神経質な弓子、他方にちょっとぼんやりしておとなしい、少女のような房子という二人の女性を配し、その間を主人公が揺れるという話である。この房子のモデルとなったのが百合子だった。作品の中で、神経が張りつめるような弓子との関係に疲れた主人公は、房子が「食べることが一番うれしいわ。おいしいものを食べるのがわたし一番好きよ」とあっけらかんと言う、その眩しいほどの明朗さに引きこまれていく。結末近く、酔っぱらって「オッパイに接吻したいッ！」と口走った主人公に対し、房子は一瞬のためらいもなく、乳房を露出する。それを「少し噛むようにモガモガと吸」ってから、彼は果たしてこの素直さは何なのだ、愛なのか？　トンカツを食わせたお礼か？　と悩んだりする。

まさに二人の間柄を象徴する場面だ。百合子は泰淳に隷属していたわけではなかった。むしろ十二歳年上の泰淳が、「男に向ってバカとは何だ」などと叱ったり小言を言ったりしながらも、百合子の天真爛漫さに圧倒されていたフシがある。百合子をよく知る埴谷雄高《はにやゆたか》は彼女を「生の全肯定者」と呼び、もともとニヒリストの気の強かった泰淳の世界が、百合子のおかげで広がりのある全体性を得たと言っている（「武田百合子さんのこと」）。「相思相愛でたいへんけっこう、なんて感じじゃなくて、人を愛するってこともあそこまでいくと、愛してるんだか戦ってるんだかわからない」という前記の鈴木修の回想からもわかるように、二人は人として拮抗していたのだ。

百合子は一九二五年（大正十四年）、横浜市に生まれた。旧姓鈴木。父は裕福な米問屋の入り婿だったが、妻が死んでから後妻をもらい、そこで百合子が生まれる。しかし、母親は百合子が小学生のときに死去。戦争末期、生家は米軍の爆撃で全焼し、戦後の農地改革もあって鈴木家は完全に没落した。百合子はすでに結婚していた兄の家に寄宿しながら、行商などするようになる。

文学には若い頃から縁があった。横浜の女学校時代には同人誌「かひがら」に所属し、「新女苑」に詩などを投稿、戦後の混乱期も、職を転々としながら同人誌「世代」に参加している。やがて、ひょんなことから作家たちが多く集まる文壇喫茶・酒場「らんぼお」で女給として働きはじめ、文士たちの間でアイドル的な存在となる。泰淳の熱烈なアプローチを受けたのもこの「らんぼお」でのことだった。当時の百合子は、「もの喰う女」に登場する房子と同じように、いつも同じスカートで、年中素足のまま同じ靴を履いていた。いかにも育ちの良さそうな、恥ずかしがりで奥ゆかしいところと、ぐいぐい行動に出る、犬のように野性的なところの両面を持っていた。猛スピードで車を乗り回し、ちんぴらと堂々とやりあうような人でありながら、しごく繊細で思いやり深い人でもあったのだ。だから、接した人はすぐファンになった——梅崎春生、堀田善衛、埴谷雄高、色川武大《たけひろ》、吉行淳之介、加藤治子、赤瀬川原平、村松友視……みんなそうである。

本書の後半には、『富士日記』で人気の出た百合子が、自分のペースを守りながら書き綴った珠玉のエッセイが収められている。「草月」での連載をまとめた『ことばの食卓』

（一九八四）は、食べ物を出発点にしつつ、例によって独特の視線でまわりの人間や社会をとらえたものだが、とくにオムレツ専門店でのひとこまが描かれる「夏の終り」は、「枇杷」とならぶ絶品。「挿花」の連載をまとめた『遊覧日記』（一九八七）は浅草の蚤の市から藪塚のへビセンターまであやしげな場所への探索の様子が描かれ、出てくる人物たちもより賑やかで、小説の一歩手前の境地を思わせる。

周囲の勧めにもかかわらず武田百合子は最後まで〝小説家〟にはならなかったが、文章へのこだわりはプロのものだった。『富士日記』にしても、念入りな推敲をへて発表している。死後、書きかけのもの、未発表のものはすべて遺言に従い娘・花の手で処分された。人前に出るときには相応の覚悟を持つ、そんなたしなみを最後まで備えた人だったのだ。

―略年譜　武田百合子―

一九二五年（大正十四年）
九月二十五日、神奈川県横浜市神奈川区に生まれる。

一九三二年（昭和七年）　七歳
四月、横浜市栗田谷尋常小学校に入学。七月、母・鈴木あさのが死去。

一九三八年（昭和十三年）　十三歳
四月、神奈川県立横浜第二高等女学校に入学する。

一九四三年（昭和十八年）　十八歳
三月に同校を卒業。図書館に勤務する。父・精次が病気になり、兄たちは出征する。

一九四四年（昭和十九年）　十九歳
八月、父死去。

一九四五年（昭和二十年）　二十歳
五月二十九日、横浜空襲で家屋全焼。弟・修らと山梨県の札金温泉に疎開する。八月、終戦。横浜に戻り、長姉・豊子の夫で後見人・山鹿浩宅に寄宿する。

一九四六年（昭和二十一年）　二十一歳
二月、山鹿浩死去。長兄・新太郎宅に次兄・謙次郎や弟・進、修と身を寄せる。チョコレートの行商や露店の手伝いをしたりする。またこの頃、出版社・昭森社に勤務、階下のカフェ「らんぼお」で働き、武田泰淳と知り合う。

一九四八年（昭和二十三年）　二十三歳
五月、神田で武田泰淳と暮らしはじめる。住所を転々と変える。

一九五一年（昭和二十六年）　二十六歳
十月、長女・花誕生。十一月、武田家に入籍。

一九五三年（昭和二十八年）　二十八歳
一月、目黒区中目黒の夫の実家・長泉院で義母と同居。

一九六〇年（昭和三十五年）　三十五歳
港区赤坂に転居。自動車を購入する。

一九六四年（昭和三十九年）　三十九歳
八月、山梨県南都留郡鳴沢村に山荘が完成する。以降、百合子の運転で東京と富士山荘を往復する生活となる。泰淳にすすめられて日記を付け始める。
一九六九年（昭和四十四年）　四十四歳
六月から七月にかけて中国文学者・竹内好と武田夫妻でロシアと北欧を旅する。
一九七一年（昭和四十六年）　四十六歳
十一月、脳血栓で泰淳入院。百合子が原稿清書や口述筆記をするようになる。
一九七六年（昭和五十一年）　五十一歳
十月、癌により泰淳死去。享年六十四。
一九七七年（昭和五十二年）　五十二歳
十月（上巻）と十二月（下巻）、『富士日記』（中央公論社）刊行。同書により第十七回田村俊子賞を受賞する。
一九七九年（昭和五十四年）　五十四歳
二月、『犬が星見た　ロシア旅行』（中央公論社）刊行。同書により第三十一回読売文学賞を受賞する。
一九八四年（昭和五十九年）　五十九歳
十二月、『ことばの食卓』（作品社）刊行。
一九八六年（昭和六十一年）　六十一歳
六月から七月にかけて西ドイツ（当時）駐在中の修夫妻とヨーロッパを周遊する。
一九八七年（昭和六十二年）　六十二歳
四月、『遊覧日記』（作品社）刊行。
一九九二年（平成四年）　六十七歳
七月、『日日雑記』（中央公論社）刊行。
一九九三年（平成五年）
五月二十七日、肝硬変のため北里研究所病院にて死去。

＊『武田百合子全作品　7　日日雑記』（中央公論社）、『文藝別冊　武田百合子』所収の鈴木修氏編の年譜を参考にさせていただきました。

本書の底本として左記を使用しました。ただし旧かな遣いを新かな遣いに変更し、適宜ルビをふりました。また明らかな誤記では、訂正した箇所もあります。なお、本書には今日の社会的規範に照らせば差別的表現ととられかねない箇所がありますが、作品の書かれた時代または著者が故人であることに鑑み、原文のままとしました。

『富士日記』より
中公文庫『富士日記（上）』『富士日記（中）』『富士日記（下）』

『ことばの食卓』より
ちくま文庫『ことばの食卓』

『遊覧日記』より
ちくま文庫『遊覧日記』

『日日雑記』より
中公文庫『日日雑記』

単行本未収録エッセイ
椎名さんのこと（冬樹社『椎名麟三全集　第二十巻』月報）
富士山麓の夏（岩波書店『大岡昇平集　5』月報）

単行本『精選女性随筆集　第五巻　武田百合子』
二〇一二年六月　文藝春秋刊（文庫化にあたり改題）

装画・本文カット
神坂雪佳・古谷紅麟 編『新美術海』、
神坂雪佳『蝶千種・海路』『滑稽図案』（芸艸堂）より
本文デザイン　大久保明子
DTP制作　ローヤル企画

文春文庫

精選女性随筆集《せいせんじょせいずいひつしゅう》　武田百合子《たけだゆりこ》

定価はカバーに表示してあります

2024年1月10日　第1刷

著　者　武田百合子《たけだゆりこ》
編　者　川上弘美《かわかみひろみ》
発行者　大沼貴之
発行所　株式会社 文藝春秋

東京都千代田区紀尾井町 3-23　〒102-8008
TEL 03・3265・1211㈹
文藝春秋ホームページ　http://www.bunshun.co.jp

落丁、乱丁本は、お手数ですが小社製作部宛お送り下さい。送料小社負担でお取替致します。

印刷製本・TOPPAN

Printed in Japan
ISBN978-4-16-792163-7

精選女性随筆集　全十二巻　文春文庫

幸田文　川上弘美選

森茉莉　吉屋信子　小池真理子選

向田邦子　小池真理子選

有吉佐和子　岡本かの子　川上弘美選

武田百合子　川上弘美選

宇野千代　大庭みな子　小池真理子選

倉橋由美子　小池真理子選

石井桃子　高峰秀子　川上弘美選

白洲正子　小池真理子選

中里恒子　野上彌生子　小池真理子選

須賀敦子　川上弘美選

石井好子　沢村貞子　川上弘美選